L'ENFANT CORBEAU

Kateryna Kei

L'Enfant Corbeau

Livre I

KEI Inc
2018

A Breandán, qui m'a donnée une des plus
précieuses leçons de ma vie

A Tania qui était la première à aimer mon
histoire

Sommaire

Prologue

« Il y a bien longtemps, notre Terre était habitée par d'heureux êtres immortels. Ils pouvaient aisément se transformer en animaux ou en plantes. Il suffisait d'invoquer Mère Terre et celui qui désirait devenir un aigle pouvait se métamorphoser immédiatement en oiseau, celui qui aspirait à être une belle fleur pouvait fleurir pour la plus grande joie de tout le monde.

Mais le Dieu Noir vivait aussi dans l'univers, semant les graines du mal de partout. Rongé par la jalousie, il divisa chacun des êtres lumineux en deux moitiés – un homme et une femme. Ce fut à ce moment précis que la haine et les vices apparurent sur la Terre, les prédateurs hurlèrent dans les forêts et les plaines, les moustiques s'élevèrent en nuages menaçants, avides de sang.

Malgré tout, les hommes et les femmes parvenaient à retrouver leur moitié, redevenant de la sorte un seul être lumineux. Une petite partie de leur poitrine restait en effet ouverte, laissant visibles leurs cœurs battants, et chaque cœur reconnaissait sa moitié. Lorsque les deux moitiés d'un seul être se rencontraient, leurs cœurs s'embrasaient en un feu multicolore, impatients de s'unir.

Irrité, le Dieu Noir envoya ses serviteurs dans tous les recoins du monde pour sceller complètement la poitrine dès la naissance, pour que personne ne puisse même entendre son propre cœur battre.

Alors petit à petit, le véritable amour s'éteignit dans le monde et l'époque où les êtres immortels peuplaient la Terre tomba dans l'oubli… »

D'après une ancienne légende

Kateryna Kei

Le retour des bateaux de guerre

— Ils sont de retour ! Konungr[*] Torgeir est de retour ! Ils ont gagné !

Turid abandonna son métier à tisser et quitta la maison en courant.

Dehors, attirés par les cris, les gens se précipitaient vers le large. Tout le monde voulait saluer le konungr.

Deux beaux bateaux, aux voiles rayées jaune et rouge, glissaient tels des cygnes gracieux sur la surface étincelante de l'eau, s'approchant de la terre.

La foule murmurait, excitée, animée par l'espoir, la curiosité et l'impatience.

Comme les autres, Turid remarqua les bateaux de loin. Prise d'une légère inquiétude, elle fronça les sourcils, le cœur serré. Elle se mit à courir plus vite poussée par un pressentiment, une intuition féminine qui ne s'explique pas, mais qui se vit en silence.

---

[*] Konungr – roi (vieux norrois)

Ses soupçons se confirmèrent du premier coup d'œil : le Konungr Torgeir ne se trouvait pas sur la proue. C'était son ami proche, Ari, qui se tenait à sa place, le bras levé pour saluer la foule.

Le cœur étreint par l'angoisse, Turid se fraya un chemin vers le lieu du débarquement.

Un silence pesant assombrissait le quai, parfois brisé par une prière chuchotée ou un soupir de soulagement lorsqu'une épouse ou une mère remarquait son mari ou fils sur l'un des bateaux.

Enfin, les voiles furent baissées, permettant aux rameurs de manœuvrer les bateaux jusqu'au quai de bois.

Ari remarqua Turid. Lorsque leurs regards se croisèrent, elle comprit et devina à son visage grave que le malheur était arrivé. Le konungr ne reviendrait plus.

Quelques marins sautèrent sur le quai, cordages en mains, pour amarrer les bateaux.

Sans plus attendre, Ari s'exprima :

– Que paix et prospérité soient avec toi, mon peuple ! Sa voix grave et forte parut officielle dans le silence anxieux. Nous sommes contents d'être enfin chez nous.

Quelques voix répondirent fortement « Bienvenus ! », mais la plupart se contentèrent de hocher la tête, impatients d'entendre la suite.

Ari, excellent guerrier, mais mauvais conteur, bien que ce ne fût pas un handicap à ses yeux, préférant de loin l'efficacité aux longs discours, apporta franchement des réponses aux questions non formulées par la foule :

– Nous avons pris leur forteresse. Mais notre Konungr est mort.

Le silence accueillit ses mots le temps d'un soupir. Choqués, les gens assimilaient ce qu'ils venaient d'entendre. Mais très vite, des cris de colère, de frustration, mêlés aux lamentations et à la peur se propagèrent, engloutissant la cité entière.

Le peuple aimait et respectait beaucoup son konungr. Sa mort impliquait naturellement des changements importants. Déjà en guerre contre les Étrangers cruels cherchant à conquérir leurs terres, ils étaient désorientés.

Les femmes se ruèrent en avant cherchant à savoir ce qui était arrivé à leurs maris, frères et fils. Les sons, tout comme les corps, se bousculaient.

Mais Turid ne remarquait plus la cacophonie régnante. Le monde s'assombrissait devant ses yeux. Soudain, elle avait peine à respirer, comme si elle avait été frappée en pleine poitrine. Son bien-aimé était mort, loin d'elle, la privant d'un adieu… Elle le revoyait, riant, galopant sur son cheval, lui apportant des fleurs sauvages à l'aube, jouant avec ses fils, se couchant dans l'herbe à ses côtés, lui murmurant des mots d'amour devant un feu de camp qui dessinait des lueurs dorées sur les cheveux. Torgeir semblait si vivant et réel dans son esprit qu'il lui était d'autant plus difficile d'accepter ce départ tragique.

Parti pour toujours ! Mort ! Désormais, elle était seule. Désormais, elle était veuve. Plus jamais il ne lui adresserait un petit clin d'œil malicieux en plein milieu d'une assemblée officielle, plus jamais il ne l'embrasserait en la soulevant de ses bras puissants, plus jamais il ne la serrerait contre lui dans son sommeil…

Un atroce sentiment de vide l'étreignit, endolorissant chaque cellule de son corps. Elle se serait effondrée sans cette main forte et affectueuse qui la saisit soudain par l'épaule. Ce toucher ferme et doux était réconfortant. Peu à peu, elle revint à la réalité.

Son fils cadet, Hrafn, se tenait à ses côtés. Turid croisa son regard. Ils partagèrent leur peine en silence. Le soutien silencieux du garçon allégea très légèrement sa peine.

Puis Olaf, le fils aîné de Turid, se joignit à eux. Ses yeux gris étaient assombris de douleur. Aucun d'eux ne pleura. Ensemble, ils se frayèrent un chemin à travers la foule jusqu'à leur maison.

Les gens, sur leur passage, s'inclinaient et exprimaient leurs condoléances, mais trop attristés par les évènements, ils n'étaient pas en état d'apprécier, ni même de remarquer les signes de sympathie.

Turid, Reine, ne pouvait pas prendre le temps de pleurer. Son rang l'obligeait à de grandes responsabilités en l'absence de son époux. Et bien sûr, le retour des guerriers signifiait du travail supplémentaire.

Tout en marchant, Turid s'efforçait de se ressaisir, de rester digne, d'enfermer les pensées douloureuses dans un coin de son esprit pour un moment.

Ses fils la tenaient par la main. Ses petits hommes courageux luttaient contre leurs propres larmes et peine. Elle aussi devait être forte. Pour eux et pour leur peuple.

En mémoire du mari qu'elle avait tant chéri.

La seule pensée de Torgeir la submergea de douleur. Sa mère disait toujours qu'une bonne respiration était le meilleur remède, le moyen le plus rapide de reprendre le contrôle de soi-même. Les yeux fermés, elle inspira profondément sous le regard anxieux de ses fils.

— Olaf, Hrafn, je suis désolée. Ce n'est pas le moment pour pleurer. Je dois m'occuper des guerriers et organiser la fête…

Elle faillit dire « en mémoire de Torgeir », mais les mots ne voulaient pas sortir. De plus, elle ne savait pas s'il valait mieux trouver des occupations pour les enfants ou les laisser rentrer. Mais Olaf et Hrafn lui épargnèrent de choisir :

— Est-ce qu'on peut t'aider ? proposa Hrafn et Olaf opina de la tête, marquant sa volonté de participer au côté de son frère.

Une tendresse profonde envers ses fils remplit le cœur de Turid et lui fit monter les larmes aux yeux. Soudain incapable de parler, elle serra les garçons contre elle.

~~~
~~~

Les préparatifs ne laissaient pas de place aux pensées tristes et douloureuses. Il fallait organiser et prévoir tant de choses que Turid en fut étourdie, survolant les mots de compassion et les condoléances.

Elle ne put s'asseoir que lorsque la fête commença, mais elle fut incapable de boire ou de manger – bientôt, elle allait apprendre les circonstances de la mort de son mari. Turid avait envie d'en entendre les détails et l'appréhendait en même temps.

Olaf et Hrafn avaient de leur côté une bonne raison de s'inquiéter. Deux hivers auparavant, ils avaient assisté aux obsèques de jarl[*] Yngve du fjord voisin. Yngve avait une femme légitime et deux maîtresses. D'après la tradition, on demanda à celles-ci si l'une d'entre elles voulait se joindre à lui. L'une des maîtresses accepta. Aussi, à la fin de la cérémonie, elle fut brûlée dans le bateau, à côté de son amant défunt.

Leur père n'avait qu'une femme, leur mère, et les garçons craignaient qu'elle accepte de mourir, les rendant, d'un coup, orphelins des deux parents. Ils regardaient la fête se dérouler dans un silence tendu, observant leur mère, essayant de deviner ce qui allait se passer.

Le moment venu, un conteur du nom d'Orm apparut devant la foule, sa petite harpe à la main. Orm était un

---

[*] Jarl – comte (vieux norrois). Les jarls étaient des chefs locaux qui dirigeaient chacun un territoire à la place du roi.

guerrier. Aussi grand et musclé que les autres Vikings, son visage buriné arborait davantage de rides, tandis que ses cheveux et sa barbe étaient complètement gris.

Il s'éclaircit la voix et commença :

— Comme vous le savez déjà, il y a un mois, notre brave Konungr Torgeir partit avec trois de nos bateaux à la guerre contre les Étrangers maléfiques. Nous n'avions jamais exploré leurs terres auparavant. Nous connaissions le chemin uniquement grâce aux récits des marchands et des voyageurs.

Nous avons voyagé sept jours durant. Le ciel était bleu et clair, le vent favorable… comme si les dieux nous accompagnaient et nous aidaient. Nous étions gonflés d'espoir avant la bataille.

Puis, une tempête éclata…

Orm inspira profondément et, comme hypnotisée, la foule en fit de même.

— Lourds et sombres, les nuages ont soudain couvert le ciel. Ils descendirent si bas que les extrémités de nos mâts les fendaient. Nous avons rangé les voiles et les mâts sous les bourrasques violentes de vent qui déferlaient sur nous. Les vagues s'élevaient autour des bateaux ; hautes et menaçantes, elles cherchaient à nous engloutir complètement. Les planches du bateau tremblaient et gémissaient sous nos pieds ; l'eau froide et salée s'accumulait plus vite que l'on ne pouvait la ramasser.

Séparés par la tempête, chaque bateau devait lutter

seul contre les dieux de la mer qui jouaient avec nous, faisant tourbillonner nos embarcations tels des fétus de paille au vent. Soudain, des rochers ont surgi au milieu des vagues furieuses et moussantes. On les percevait clairement malgré les déferlantes. De plus en plus hauts, on aurait dit des monstres maléfiques montrant leurs crocs, prêts à mettre en pièce leurs nouvelles proies. Et les dieux de la mer nous projetaient vers les rochers. On s'attendait à ce que notre bateau s'y brise d'un instant à l'autre.

Mais, Torgeir a toujours été un excellent marin. Il avait remarqué une ouverture entre les crocs rocheux. Il a dû deviner qu'il y avait une baie. Sa manœuvre était délicate et précise, notre bateau a pu s'y faufiler.

Nous nous sommes arrêtés pour regarder autour de nous. La mer était beaucoup plus calme, de grands rochers sombres disparaissaient dans l'obscurité loin au-dessus de nous et semblaient former une immense grotte. Du moins, c'est ce que nous avons pensé d'après les sons produits, comme des échos sur les murailles qui nous engloutissaient. Il faisait trop noir pour distinguer quoi que ce soit. Nous étions très probablement sur le territoire de nos ennemis. Craignant d'être repérés, nous n'avons pas allumé les torches. Nous avons passé la nuit dans l'obscurité, en flottant sur place, tandis que la tempête faisait rage dehors.

Quand le jour s'est levé, il était toujours impossible de voir autour de nous. Un brouillard épais avait remplacé l'obscurité des dernières heures. Blanc comme le lait, il était si dense que l'on ne pouvait même pas apercevoir nos propres pieds. Personne ne sait combien de temps cela a duré, mais lorsque le brouillard s'est dissipé, il faisait encore jour. Alors, nous avons vu que la grotte avait une ouverture en haut et qu'elle était assez large pour accueillir une douzaine de bateaux. De l'autre côté, il y avait la terre ferme avec des arbres et des fleurs. Mais il y avait aussi six bateaux ennemis qui flottaient autour de nous, prêts à attaquer…

Le public captivé écoutait Orm dans un silence de plomb.

– Nous savions que nos chances étaient réduites, mais personne n'a pensé à se rendre. Quant à nos ennemis, ils se sont jetés sur nous comme des loups sur un cerf mourant…

Ce fut une bataille féroce. Nous étions encerclés. Torgeir et une poignée de guerriers se sont positionnés le long du bastingage pour combattre. Torgeir a ordonné aux autres de ramer. Une pluie de flèches s'est abattue sur nous, causant de nombreuses blessures et emportant la vie de Bjarte et de Calder. Ces hommes de grand courage qui festoient désormais à Valhalla resteront à jamais dans nos mémoires.

Lorsque les ennemis se sont approchés davantage, leurs crochets d'abordage se sont élevés dans l'air.

Nous nous battions comme jamais auparavant. Torgeir était partout : il coupait les cordages et couvrait les rameurs. Il criait les ordres et lançait des javelots, arme qu'il maîtrisait mieux que quiconque. Sa seule envie était de nous faire sortir de ce piège, et il a fini par faire quelque chose de fou, courageux et inattendu : avec Halvdan et Gudmund, il a sauté sur le bateau ennemi qui nous séparait de l'entrée de la baie. Profitant de l'effet de surprise, ils ont rapidement tué quelques guerriers et ont réussi à tourner leur voile. Les Étrangers ne s'en étant pas aperçus tout de suite, nous avons gagné quelques précieux instants qui nous ont sauvé la vie. Torgeir, Halvdan et Gudmund combattaient sans relâche. Pendant ce temps, la voile tournée attrapa le vent et le bateau ennemi s'est écarté de notre passage.

Nous étions prêts. Nous avons ramé de toutes nos forces. Notre voile était pliée, aussi le vent ne pouvait pas nous empêcher de nous ruer vers l'avant. Ceux qui se trouvaient à l'avant n'ont pas eu le temps d'enlever leurs rames ; elles se sont brisées avec un fort craquement contre la poupe du bateau ennemi. Malgré cela, nous avons réussi à maintenir le bateau droit et à nous engager dans le passage entre les rochers.

En attendant, Halvdan et Gudmund sont tombés. Ils ont combattu avec courage et ardeur. Ils ont emporté avec eux une bonne douzaine d'ennemis chacun et surtout, ils nous ont sauvés…

Torgeir, lui, bien que blessé, combattait encore. Il nous a crié d'avancer. Toutefois, Ari n'a pas voulu laisser son ami entre les mains des Étrangers. Il a attaché une longue corde au mât et lorsque nous fûmes à la hauteur du bateau étranger, Ari s'y précipita. Il a tué trois personnes d'un seul coup, puis il a attrapé Torgeir et l'a ramené parmi nous. Nous ramions sans relâche sous la pluie des flèches. Torgeir et Ari se sont joints à nous.

Le temps d'arriver jusqu'au passage rocheux et de le franchir nous a semblé très long. En réalité, cela a été rapide. Nous sommes sortis de la grotte vers le soleil couchant qui faisait miroiter la mer, les bateaux étrangers à nos trousses. Ils étaient déterminés à ne pas nous laisser partir. Un par un, ils sortaient de la grotte tout en tirant des flèches qui nous atteignaient à peine grâce au vent.

Et enfin, les dieux se sont tournés vers nous – nos deux autres bateaux étaient là, prêts à en découdre avec eux.

Manifestement, les Étrangers ne s'y attendaient pas. La pluie des flèches s'est arrêtée – ils hésitaient. Mais nous n'étions pas disposés à leur laisser le temps de la réflexion – Torgeir a crié ses ordres et les deux bateaux se sont jetés dans l'attaque, propulsés par le vent en poupe qui gonflait leurs voiles. Quant à nous, nous avons levé la voile et ajusté le nombre de rames de chaque côté avant de les rejoindre. Les Étrangers étaient toujours plus nombreux que nous, et la bataille sans pitié, mais cette fois-ci, nous étions sûrs de gagner…

Orm fit une pause, vida une coupe d'hydromel et essuya sa moustache grise d'un revers de main.

– Et il en fut ainsi. Nous avons capturé trois bateaux étrangers et coulés deux ; le dernier a pris la fuite. Comme il faisait déjà nuit, nous avons décidé de ne pas le poursuivre. C'est à ce moment-là que nous avons remarqué que Torgeir gisait inconscient.

Il était couvert de sang qui coulait d'une affreuse blessure au ventre. Il est difficile d'imaginer que Torgeir a réussi à combattre à nos côtés et à nous diriger avec son énergie et sa sagesse habituelles avec une telle plaie…

Le vieil homme détourna le regard et poussa un soupir. Lorsqu'il continua, sa voix était étranglée :

– On savait que Torgeir n'avait aucune chance de s'en remettre. Mais il a repris conscience et nous a parlé. Il nous a donné des ordres sages et précis, et nous les avons tous exécutés.

Premièrement, Torgeir voulait que l'on avance pour prendre un point stratégique qu'il fallait trouver le matin. En attendant, il nous a demandé de rassembler les bateaux pour la nuit. Il est resté là où il était, sur le pont, ses plaies recouvertes de bandages serrés. Torgeir savait que la mort le guettait et il évitait les mouvements inutiles, s'efforçant de rester en vie aussi longtemps que possible. Cette nuit-là, il nous a annoncé qu'il voulait que nous rentrions une fois notre mission accomplie pour nommer le nouveau konungr. Il nous a aussi chargés de demander à Turid, sa femme bien-aimée, de ne pas se sacrifier, de rester en vie, d'aider à choisir le nouveau konungr, puis de s'occuper de ses fils.

Orm se tut un moment et passa la main sur son visage, l'air absent. Son public ne bougea pas. Les gens restaient tendus, les yeux rivés sur le vieux conteur.

– Au petit matin, nous nous sommes dirigés vers la terre des Étrangers. Nous espérions débarquer non loin de leur cité principale, mais à la place, nous sommes tombés sur leur forteresse. Dissimulée entre les rochers, elle ne pouvait être vue qu'une fois dépassée. Pendant tout ce temps, Torgeir arrivait à peine à parler. Un instant, il a regardé la forteresse, puis nous a donné les directives les yeux fermés.

Nous avons attaqué vite et par surprise. La bataille fut féroce, mais courte. La forteresse est tombée. Neuf de nos hommes sont morts, tandis que l'ennemi a essuyé trois fois plus de pertes. Nous avons gardé les survivants prisonniers.

Torgeir a dû sentir le moment de victoire, resté inconscient depuis ses derniers ordres, il vivait ses derniers moments. Mais lorsqu'Ari est apparu en haut de la muraille, agitant notre drapeau, Torgeir s'est réveillé et a regardé autour de lui une dernière fois, ses yeux assombris par la douleur. Il a contemplé le ciel clair et bleu, le soleil brillant qui se levait, le long chemin doré que son reflet traçait sur la surface tremblante de la mer ; il a regardé Ari… et un sourire a éclairé son visage pâle et fatigué. Un beau sourire si heureux et serein, qu'il n'appartient pas au monde des vivants…

Orm inspira profondément et continua plus fort pour étouffer les émotions profondes qui le faisaient chanceler :

— Torgeir est mort comme un Konungr, un vrai héros, un homme de courage exceptionnel et d'une force rare… L'homme dont nous allons toujours nous souvenir avec admiration !

La foule cria unanimement le nom du Konungr.

— Avant de quitter la forteresse, nous avons organisé ses obsèques. Il est parti à Valhalla de la meilleure façon qui soit, couché dans le plus grand bateau étranger que nous avons rempli d'or et de bijoux trouvés parmi le butin. Nous y avons déposé armes et habits, nourriture et bétail. Nous avons chanté pour la gloire de Torgeir en poussant le bateau dans la mer et en l'enflammant avec nos torches. Le feu brûlait fort et haut lorsque le vent a attrapé le bateau et l'a entraîné vers le soleil couchant.

Notre Konungr est parti comme un vrai héros : fort, courageux et généreux. Il était un homme bien et un konungr juste. Odin l'a salué à Valhalla où il festoie désormais avec les dieux et les hommes loyaux qui sont tombés dans cette bataille.

Turid écoutait Orm, immobile. Elle vivait chaque scène dépeinte par Orm comme si elle y était : elle sentait le vent salé fouettant sa peau, vivait la douleur de Torgeir comme si c'était la sienne, telles des lames tranchantes lacérant sa chair. Elle n'aurait rien pu faire pour Torgeir. Il était mort sur une terre étrangère, loin de la maison, et

Turid n'avait même pas eu droit à un dernier adieu. À travers les mots du conteur, Turid regardait impuissante son mari rendre son dernier souffle. Elle sentit quelque chose mourir en elle en imaginant son beau visage fatigué rendant son dernier sourire. Une larme coula sur sa joue et tomba sur sa jupe, mais Turid ne pouvait pas se permettre de pleurer. Elle était reine et devait se comporter avec dignité. Or pleurer était une preuve de faiblesse. Turid luttait contre sa peine et son désespoir de toutes ses forces. Elle mordit l'intérieur de sa joue et serra ses poings aussi fort qu'elle le pouvait.

Les gens se mirent à chanter en l'honneur du konungr défunt. Turid prit une inspiration rauque et se joignit à eux. Au début, sa voix était faible et tremblante, mais plus elle chantait, plus c'était facile, comme si une partie de sa peine s'évaporait dans le son. À la fin de la chanson, Turid contrôlait suffisamment ses émotions pour clôturer la cérémonie. Même si elle avait le sentiment de tout voir de loin, sa voix ne tremblait plus et elle se tenait droite et fière, comme il seyait à son rang.

Olaf et Hrafn étaient tout aussi mal : pour les garçons, pleurer était encore plus honteux que pour les femmes du rang le plus élevé. Mais c'était une vraie torture de devoir étouffer les sentiments. En outre, même s'ils avaient désormais la certitude que leur mère n'allait pas se sacrifier, ils étaient inquiets pour elle. Anxieux, ils l'observaient attentivement et priaient tous les dieux de l'aider. Ils restèrent avec elle jusqu'à la fin de la cérémonie.

De retour chez eux, ils s'emmurèrent tous dans un silence las, trop fatigués, trop bouleversés pour parler.

Puis Ari arriva. Il apporta l'épée de Torgeir et la déposa sur un banc.

— Torgeir m'a demandé de remettre son épée au prochain konungr. Il a choisi d'aller à Valhalla avec ses javelots, expliqua Ari doucement.

Ses paroles ne suscitèrent aucune réaction. Air se gratta la tête, l'air absent. Puis il déglutit et balbutia, confus :

— Il voulait aussi que je vous dise qu'il vous aime plus que tout au monde… qu'il veut que vous soyez heureux et que vous preniez soin les uns des autres, et de notre peuple…

Sa voix le trahit. Il dut serrer les poings pour lutter contre les larmes qui lui montaient aux yeux.

Devant lui, Turid était assise sur un tapis de paille, ses fils blottis contre elle. Ils gardaient le silence, perdus dans leurs pensées. Aucun d'entre eux ne toucha l'épée du Konungr, comme s'ils craignaient de le faire.

Ari était le meilleur ami de Torgeir. Ils avaient grandi, joué, puis combattu ensemble. La mort de Torgeir l'avait grandement remué. Mais il se sentait complètement impuissant devant la souffrance silencieuse de Turid. Il ne savait plus quoi dire, alors il s'en alla, laissant la reine et ses fils seuls avec leur peine.

A l'aube, Folke, l'oncle du Konungr défunt, frappa à leur porte. Il trouva la reine assise devant le feu presque éteint. Olaf et Hrafn dormaient, blottis à ses côtés.

L'homme salua Turid d'un signe de tête.

Celle-ci porta alors un doigt à ses lèvres, désignant les garçons du regard.

Folke comprit et sortit en silence.

Turid le suivit et referma doucement la porte pour ne pas réveiller les enfants.

Dès que la porte se ferma derrière elle, Hrafn ouvrit les yeux et s'assit. Son frère jumeau se réveilla aussi, mais il avait encore sommeil et referma les yeux très vite.

Avec l'agilité d'un chat sauvage, Hrafn s'approcha de la porte pour y appliquer son oreille.

— Je suis désolé de te déranger, Reine, disait Folke d'une voix hésitante. L'assemblée t'appelle.

Turid ne répondit pas, mais hocha sûrement la tête en signe d'encouragement, car Folke continua :

— Le temps nous est compté et nous devons prendre des décisions importantes. Nous avons besoin d'un nouveau konungr, et ton avis nous serait précieux.

La voix de Turid était calme et sérieuse :

— Je comprends. Conduis-moi à l'assemblée. Laissons dormir les garçons, ils en ont besoin après ce qui est arrivé.

Hrafn entendit le bruit des pas. Ils étaient partis. Il retourna à sa place près du feu mourant. Olaf ouvrit un œil.

– Ils vont nommer un nouveau konungr, l'informa Hrafn.

– Qu'est-ce qu'on fait ?

Hrafn s'assit et ferma les yeux :

– On peut dormir pour l'instant. De toute façon, si quelque chose d'intéressant arrive, on le saura.

Cette fois-ci, son frère jumeau n'ouvrit même pas un œil :

– Mmm… Tu me réveilleras alors…

– Bien sûr, chuchota Hrafn en se couchant. Il s'étira confortablement, ajusta sa couverture en laine de mouton et glissa instantanément dans un sommeil sans rêves.

Le choix

L'assemblée se tenait dans le grand hall au centre de la ville. L'heure n'était pas encore au vote, donc elle n'incluait que les jarls assis en cercle.

Folke ouvrit la porte et s'écarta respectueusement pour laisser passer Turid. Les aînés de l'assemblée se levèrent aussitôt pour la saluer.

La femme les salua à son tour et s'installa parmi eux.

Harald, l'aîné qui présidait l'assemblée, parla le premier :

– Merci, Reine, d'avoir agi aussi vite. Nous admirons grandement ta force et ton dévouement à notre peuple.

Turid se contenta de hocher la tête. Elle savait qu'ils le pensaient vraiment, mais pour elle, ses actes n'avaient rien d'extraordinaire.

Harald poursuivit :

– Konungr Torgeir était notre amour et notre fierté. Il gouvernait avec sagesse et il est mort comme un héros. Il vivra toujours dans nos cœurs et nos chansons… Mais maintenant, il devient urgent de nommer le nouveau chef, car plusieurs décisions doivent être prises. La guerre n'est pas terminée.

Turid acquiesça de nouveau. Elle voulait tout entendre avant de dire quoi que ce soit.

Apparemment, Harald comprit sa stratégie. Ses yeux étincelèrent et un léger rictus fit remonter sa longue moustache.

— Puisque tes deux fils n'ont que dix hivers chacun, le choix est difficile. Nous avons besoin de ton conseil, car tu es une reine sage et dévouée.

Il n'y a que deux solutions possibles : soit quelqu'un gouverne jusqu'à ce que ton fils, né le premier, Olaf, ait douze hivers, soit nous le nommons konungr dès à présent, bien qu'il soit encore trop jeune. D'après la tradition, il n'y a que deux personnes qui aient le droit d'exercer le pouvoir au nom de ton fils – toi et Örjan, le frère de Torgeir.

Nous attendons ta proposition qui sera ensuite soumise au vote, conclut-il, le regard fixé sur la jeune femme.

Turid réfléchissait. Elle savait qu'il lui fallait choisir, mais elle n'avait aucune idée de la réponse à donner. Elle était certaine d'une seule chose : elle n'était pas capable de devenir chef de guerre. Elle avait une peur bleue des batailles et du sang. Il lui fallut plusieurs années pour apprendre à se contrôler lorsque quelqu'un en parlait et elle faisait des cauchemars horribles depuis que son mari avait décidé d'aller en guerre.

Quant à Örjan, il avait davantage la carrure d'un fermier paisible que d'un chef. Pourtant, il lui parut sage d'en parler avec lui avant de décider.

Puis, elle imagina son fils Olaf qu'elle avait laissé en train de dormir tranquillement à la maison. Grand, beau, blond, il était rapide et débrouillard. Il combattait plutôt bien, tout comme son frère jumeau. Ils étaient identiques en tous points ; la seule chose qui permettait à leur mère de les distinguer était la couleur de leurs yeux : ceux d'Olaf étaient gris et devenaient presque noirs quand il était contrarié ou excité, tandis que ceux de Hrafn étaient d'un rare vert émeraude qui fascinait tous ceux qui y plongeaient leur regard. Les jumeaux étaient à la fois frères et meilleurs amis, et tous les deux promettaient de devenir de bons guerriers.

D'un autre côté, ils n'étaient que des garçons, ses garçons, et voler deux hivers d'enfance tranquille à l'un d'entre eux lui semblait cruel.

En même temps, l'avenir de son peuple se jouait ici.

Turid essaya d'imaginer son fils en tant que konungr. Elle cherchait une allusion, un signe qui lui indiquerait la bonne réponse. Elle savait qu'elle devait être très prudente, car plusieurs destins se trouvaient entre ses mains.

Mais plus elle y pensait, plus elle se sentait perdue. Elle soupira lourdement et regarda l'assemblée. Elle dit ce qui lui parut le plus approprié dans cette situation :

– Honorable assemblée, je comprends bien l'urgence

de cette question. Cependant, je voudrais vous rappeler que la question est cruciale, car il m'incombe de décider du destin, non seulement de mes enfants, mais aussi de notre peuple. Je ne refuse pas cette responsabilité, mais je voudrais prendre le temps d'y réfléchir et d'en parler aux autres personnes concernées.

Les gens autour d'elle l'écoutaient en silence, le visage crispé. Turid sentit la tension environnante. Elle décida alors de leur accorder une concession :

– Vous aurez ma réponse avant le coucher du soleil.

Plusieurs visages se détendirent, tandis que Harald et certains autres demeurèrent impassibles. Turid sentit que cette fois-ci, elle avait le dessus. La confirmation ne tarda pas :

– Qu'il en soit ainsi, répondit Harald, soutenu ouvertement par le reste des membres de l'assemblée.

~~~

Tout d'abord, Turid alla consulter Örjan. Il était honnête, simple et très timide, et elle décida que son avis lui serait utile.

Örjan et sa famille vivaient dans le village voisin. Turid s'y rendit à cheval.

Quand elle arriva, il était déjà midi. Örjan quittait le champ pour déjeuner. Manifestement, il ne s'attendait pas à la voir.
~~~

– Désolée de t'interrompre, mais j'ai besoin de te parler, annonça-t-elle à la hâte en sautant du cheval.

Örjan était grand, fort et musclé, tout comme son mari défunt. Il avait une chevelure d'un roux vif, mais ses yeux d'un bleu très clair rendaient son visage inexpressif. Il se gratta la tête sans trop savoir quoi dire.

Turid lui adressa un sourire encourageant et s'arrêta de l'autre côté de la clôture, à une certaine distance, pour qu'Örjan puisse surmonter sa timidité.

Örjan inspira profondément et enfin parla :

– Je ne m'attendais pas à te voir aussitôt après… euh… ce qui s'est passé. Mais je suis content que tu sois venue. Sois la bienvenue.

La sincérité d'Örjan toucha Turid qui se sentit mieux tout à coup.

– Merci pour ton hospitalité, répondit-elle, mais mon temps est très limité. Si tu n'y vois pas d'inconvénient, parlons ici puis je m'en irai.

L'homme acquiesça. Turid lui dressa un rapide compte rendu de la réunion de l'assemblée.

Örjan écarquilla les yeux :

– C'est impossible ! Moi ? Un konungr ? gloussa-t-il avec amertume. Tu me vois gouverner ?

Turid ne répondit pas. Elle voulait avoir son avis et elle savait que la moindre intervention risquait de le heurter et de le voir se replier sur lui-même.

Détournant son regard, il fit un pas vers elle et posa une main calleuse sur la clôture qui les séparait. Il resta ainsi un moment, les yeux fixés sur le sol, avant de regarder Turid. Puis il secoua la tête :

— Je suis flatté, mais tu le sais : je ne suis pas comme mon frère. Je suis un fermier et je suis heureux ainsi.

Il y avait tellement de douleur et de tristesse dans ses yeux qu'ils devinrent gris. Sidérée, Turid découvrait pour la première fois la force et la sincérité des sentiments qu'Örjan vouait à son frère. C'était si émouvant, si inattendu, que des larmes lui montèrent aux yeux.

Örjan détourna pudiquement le regard en s'appuyant sur la clôture en bois.

— C'est juste que… je ne pense pas que je serai un bon chef pour notre peuple, avoua-t-il la tête entre ses mains. J'ai toujours été trop mauvais organisateur et puis…

Turid voyait qu'il était mal à l'aise et avait honte de lui faire cet aveu.

— …je ne pense pas être capable de supporter une telle responsabilité avec ma maladie, finit-il tout bas.

Turid était très gênée de l'avoir fait évoquer sa maladie — depuis son enfance, Örjan avait des crises de convulsions incontrôlables dans les situations stressantes. Peu de monde le savait, puisque sa famille et ses amis proches le protégeaient du mieux possible. Il était par ailleurs difficile de le soupçonner étant donné sa taille et ses muscles.

Turid s'appuya sur la clôture et posa sa main sur l'épaule d'Örjan.

— Je n'ai pas l'intention de te forcer à prendre le

pouvoir, le rassura-t-elle doucement. Je voulais juste avoir ton avis…

L'homme hocha lentement la tête et baissa les mains.

– Il me manque terriblement, confessa-t-il, le regard toujours baissé.

Turid déglutit pour étouffer le sanglot qui lui montait à la gorge et caressa les cheveux roux de son beau-frère :

– Il nous manque à tous…

Örjan serra les poings pour reprendre le contrôle de ses émotions. Il adressa à Turid un sourire coupable :

– Pardon… c'est moi qui aurais dû te consoler…

Turid ne put retenir un petit rire amer :

– Face à la douleur, on est tous égaux.

Ils gardèrent le silence pendant un moment. Tous deux pensaient à Torgeir, à l'homme bien qu'il était, à tous les moments qu'ils avaient eu la chance de partager avec lui.

Turid rompit le silence la première :

– Si je peux te demander encore une chose, entre nous… D'après toi, qui te semble le plus apte à prendre la succession ?

Örjan resta silencieux un bon moment, suivant d'un regard absent un corbeau qui planait au-dessus de la lisière. Enfin, il tourna la tête vers Turid.

– Je pense Hrafn, dit-il calmement au plus grand étonnement de la femme.

Elle ne put s'empêcher d'écarquiller les yeux :

– Mais c'est le cadet !

Örjan haussa les épaules et baissa les yeux, gêné.

– C'est juste mon avis… balbutia-t-il.

Sur le chemin du retour, Turid n'arrêta pas d'éperonner son cheval. Sa discussion avec Örjan n'avait fait que l'embrouiller encore plus. Avant, il y avait trois candidats potentiels – Olaf, Örjan et elle-même, mais à présent, son fils cadet s'y trouvait mêlé. Elle se sentait irritée et déçue. Elle espérait obtenir d'Örjan un bon conseil, parce qu'il connaissait bien les jumeaux et parce que les garçons l'aimaient. Mais Örjan n'avait choisi aucune des trois possibilités. Essayait-il d'échapper à la nécessité de prendre une décision pour ne pas vexer quelqu'un ? Ou pensait-il vraiment que Hrafn était le plus apte à gouverner ? Eh bien, Hrafn n'avait aucune chance de devenir le nouveau konungr – la tradition voulait que ce soit l'aîné qui prenne la place du père. Et Hrafn était né après Olaf.

Quoi qu'il en soit, elle devait choisir. Le soleil s'approchait inexorablement de l'horizon. Turid éprouvait une panique grandissante.

Il y avait encore un moyen d'éviter les fautes possibles. Le moyen le plus sûr et le plus objectif. Turid n'en avait aucune envie, mais elle n'avait pas d'autre solution. Priant tous les dieux, elle tourna son cheval en direction de la forêt.

~~~
~~~

Olaf et Hrafn coupaient du bois avec deux autres garçons. Soudain, Hrafn s'arrêta et tira son frère jumeau par la main.

– Olaf, chuchota-t-il, maman est allée voir le jeteur de runes !

Olaf ne prit même pas la peine d'enfiler sa chemise.

– On revient ! lança-t-il aux autres garçons, qui échangèrent des regards surpris tandis que les jumeaux détalaient.

Le jeteur de runes

Le jeteur de runes vivait à l'orée de la forêt. Il était le meilleur guérisseur de la ville, car il connaissait les herbes. Descendant de célèbres jeteurs de runes, il prédisait en outre très bien l'avenir et beaucoup venaient le consulter pour obtenir son conseil.

Comme son mari défunt, Turid croyait que l'avenir ne devait pas être connu d'avance. Elle vivait au jour le jour, guidée par sa seule intuition. Cependant, cette fois-ci, elle se sentait complètement perdue et embrouillée ; son intuition se taisait à la seule pensée qu'elle s'apprêtait à influer l'avenir de centaines d'habitants.

La décision d'interroger le jeteur de runes n'était pas facile à prendre. La culpabilité la rongeait, comme si elle s'apprêtait à tricher, et Turid faillit faire demi-tour plusieurs fois.

Quand enfin elle frappa à la porte de la cabane du jeteur de runes, son cœur était lourd.

Le vieil homme la salua chaleureusement, lui offrant poliment une tasse d'infusion à l'odeur agréable.

C'était un homme grand et anguleux. Ses longs cheveux et sa barbe étaient complètement blancs. Ses doigts délicats étaient longs et fins. Même s'il vivait isolé, il était réputé pour sa bonne humeur et son humour. Il portait en permanence des couleurs vives et nombre de coussins multicolores ornaient sa cabane primitive.

Avec une attention touchante, le vieil homme ramassa une pile de coussins près du feu pour Turid et s'assura qu'elle était confortablement installée. Puis, il s'assit en face d'elle et but son thé en silence, lui adressant un sourire réconfortant de temps à autre.

Respirant l'arôme de son infusion, Turid ne parlait pas non plus. Elle était agréablement surprise et reconnaissante de cette hospitalité qui la détendit légèrement.

Elle finit son infusion tranquillement avant de parler :

— Excuse-moi, ellri[*], de t'avoir dérangé. Je dois prendre une décision importante et je me sens perdue…

Le jeteur de runes hocha légèrement la tête pour l'encourager. Ses yeux couleur d'ambre étaient attentifs.

Turid inspira profondément et continua :

— Comme tu le sais peut-être, mon mari est mort, mais la guerre n'est pas terminée. Le roi étranger s'active à rassembler son armée pour envahir davantage nos terres. Il nous faut un konungr qui saura nous diriger en assurant unité et prospérité par la suite. L'assemblée veut

---

[*] Ellri – aîné (vieux norrois)

connaître mon choix, mais comment savoir qui parmi nous conviendra ?

Le vieil homme but une gorgée d'infusion et posa sa tasse à même le sol :

— Je t'aiderai avec plaisir, même si ta demande te met mal à l'aise.

Turid rougit sous ce regard pénétrant et bienveillant.

— Je vais jeter les runes pour toi et je te dirai ce que les dieux te conseillent…

Il se leva et sortit d'un coffre en bois un petit sac en cuir contenant les runes.

Ensuite, il se rassit en face de la jeune femme, ouvrit le sac pour vérifier soigneusement chaque pierre runique, les remit dans le sac et ferma les yeux en silence. Il se concentrait sur le problème de Turid.

Tout cela paraissait incroyable à Turid. Elle observait le vieil homme avec un mélange d'inquiétude et de curiosité enfantine, sans soupçonner un instant qu'à l'extérieur, ses fils retenaient leur souffle, les oreilles appuyées contre la porte.

Le jeteur de runes agita le sac, faisant claquer les pierres entre elles tout en murmurant des incantations. Il le renversa, le vida sur le sol devant lui. Pensif, il étudia les pierres rectangulaires. Ensuite, il parla :

— Ton fils a obtenu le même nombre de votes auprès des aînés qu'un régent. C'est pour cela qu'ils te laissent trancher.

Turid acquiesça.

— Tu ne peux pas te résoudre à accepter le pouvoir parce que tu as peur de la guerre. Tu as perdu toute ta famille dans les combats et tu crains de ne pas être capable d'envoyer quelqu'un d'autre mourir.

La femme rougit jusqu'au blanc des yeux. Soudain, elle avait peur de cet étrange vieillard qui révélait si facilement ses secrets les plus enfouis et les plus honteux.

Mais le jeteur de runes lui adressa un sourire aimable :

— Je ne suis pas là pour te juger, je ne pense pas qu'il faut avoir honte de ses faiblesses… Ton beau-frère a refusé de prendre le pouvoir lui aussi. Il est honnête et sa décision est sage.

Il poussa un soupir.

— Il ne reste que tes fils…

Sans regarder Turid, il saisit sa tasse et but une longue gorgée d'infusion.

Dehors, les garçons échangèrent des regards animés et appuyèrent encore plus leurs oreilles contre la porte.

— Ton fils aîné s'appelle « descendant d'ancêtres ». Un bon nom pour un konungr. Il sera un dirigeant fort et sage. Les gens se souviendront de lui comme d'Olaf le Juste. Il donnera vie aux projets de son frère. Il aura huit fils et vivra une vie longue et heureuse, jusqu'à ce que la mort le prenne. Alors, son fils aîné prendra sa place comme nouveau konungr…

Un grand sourire illumina le visage d'Olaf.

Son frère sourit aussi et tapota son épaule en guise de félicitation silencieuse.

Turid était profondément heureuse du bon présage pour son fils, mais elle ne pouvait s'empêcher de songer que ce n'était pas encore fini.

— Quant aux batailles, Olaf n'en gagnera qu'une. Il vengera son frère…

La tasse de Turid tomba par terre avec un fracas. Ce bruit fit sursauter les garçons, mais ils regagnèrent aussitôt leur position.

Le jeteur de runes s'arrêta, ramassa la tasse tombée et se leva. Délibérément lent, il la rinça, y versa à nouveau un peu de breuvage. Il attendit patiemment qu'elle ait bu une gorgée et se soit ressaisie. Ce n'est qu'après qu'il se rassit enfin et continua :

— Aidé par une femme, Olaf va conquérir un pays étranger grand et riche. Notre peuple le gouvernera jusqu'à ce que leur race disparaisse complètement.

Il s'arrêta et sembla réfléchir à sa prochaine question.

— Pourquoi as-tu nommé ton autre fils « corbeau » ? Personne n'a jamais encore été appelé ainsi…

Turid répondit d'une voix faible et hésitante :

— Après sa naissance, un corbeau est entré dans la pièce et s'est perché à côté de lui. J'ai eu peur, je voulais le chasser, mais mon fils a tendu la main vers lui et le corbeau a incliné la tête, comme s'il le bénissait. Mon mari a dit que c'était un signe. Depuis, le corbeau n'a jamais quitté mon fils. Il le surveille.

— Oh… Je vois… balbutia le vieil homme. Maintenant je comprends…

Les jumeaux échangèrent des regards inquiets. Est-ce que le vieil homme avait vu que Hrafn et son corbeau n'étaient qu'un, qu'ils partageaient pensées et sentiments ?

Mais le jeteur de runes n'expliqua pas ce qu'il voulait dire. Il soupira et poursuivit :

– L'Enfant Corbeau possède la sagesse et une rare force intérieure. Il est intelligent et créatif. Il sera un très bon Viking. Il goûtera au bonheur suprême – il connaîtra l'amour véritable avec une princesse étrangère. Mais ils seront vite séparés. Leur union est condamnée… Je vois le Corbeau échouer… Il y aura un choix à faire : l'un d'entre eux va mourir, tandis que l'autre restera dans ce monde, ni mort ni vivant. Ils seront séparés pour toujours. Des siècles de souffrance insupportable s'étendent devant lui…

Le visage de Turid devint blême. Le cœur aimant d'une mère se trompe rarement – elle pressentait que quelque chose allait mal tourner. Les légendes disent que le vrai amour est le plus grand bonheur qu'un homme puisse connaître. Mais qu'une fois trouvé, il ne faut surtout pas le perdre, sinon tous deux souffriront. Dans ce cas, rien ne peut les aider, car dès l'instant où ils découvrent ce qu'est de partager une âme, ils ne peuvent plus vivre l'un sans l'autre.

Turid, qui venait de perdre son mari bien-aimé, connaissait la douleur que cela infligeait. Si les légendes disaient vrai, la souffrance du garçon serait bien pire.

Son cœur saignait à l'idée qu'un destin aussi terrible guettait son enfant.

De l'autre côté de la porte, les jumeaux échangèrent des regards sidérés.

Sans laisser à Turid l'occasion de s'attarder sur ses tristes pensées, le jeteur de runes conclut :

– Tes deux garçons sont faits pour être de grands konungrs. Ils ont le tempérament de leur père. Tu peux être fière d'eux. Maintenant que je t'ai dit tout ce que tu voulais savoir, il vaut mieux que tu t'apprêtes pour la cérémonie. Le peuple attend ta décision.

La jeune femme lui adressa un regard perplexe.

Le jeteur de runes acquiesça en lui faisant signe de s'approcher. Il s'inclina vers elle, si près que sa barbe lui chatouilla la joue, et lui chuchota quelques mots à l'oreille.

Kateryna Kei

La cérémonie

Au coucher du soleil, les membres de l'assemblée et tous ceux qui pouvaient venir se rassemblèrent sur le parvis face au grand hall.

Lavés et habillés à la hâte, Olaf et Hrafn y étaient aussi. Ils avaient été contraints de courir de toutes leurs forces pour arriver à temps. Ils n'avaient pas eu le temps de parler, ce qui rendait l'attente d'autant plus insupportable. Tous deux avaient du mal à rester en place, car ils mouraient d'envie d'en discuter en privé. Mais la cérémonie était trop importante, ils ne pouvaient pas la rater, surtout parce qu'Olaf pouvait devenir le prochain chef. Les garçons brûlaient d'impatience – si seulement il était possible de communiquer en échangeant un simple regard !

Örjan, sa femme et ses filles se tenaient debout à côté d'eux. Örjan était probablement encore plus nerveux que ses neveux : il avait vraiment peur de ce qui allait se passer. En plus, il détestait être au centre de l'attention. Le dos voûté, il piétinait sur place, les yeux rivés sur le sol. Il savait que son envie de fuir était manifeste et en avait très honte.

Des jarls, des guerriers, des fermiers, des travailleurs libres, des esclaves de leur ville et des villages voisins se rassemblaient autour d'eux, curieux de connaître le nom du nouveau konungr. Les murmures animés s'élevaient de tous les côtés ; toute l'attention était focalisée sur leur petit groupe, ce qui leur donnait la sensation désagréable d'être à part.

Enfin, Turid apparut et la foule se tut quasi instantanément. La tension dans l'air devint palpable tandis que la jeune femme se frayait un chemin jusqu'au centre du cercle. Elle semblait fatiguée et paraissait plus âgée avec ses cheveux attachés en chignon. Les coins de sa bouche étaient légèrement courbés vers le bas.

Le jeteur de runes marchait à quelques pas derrière elle, vêtu de sa plus belle chemise bleue brodée. Une ceinture ornée d'argent et de pierres précieuses maintenait son pantalon en cuir.

En le voyant, les jumeaux échangèrent des regards inquiets.

Le vieil homme visionnaire se fondit dans la foule, curieux comme le public. Il salua tout le monde d'un signe de tête, puis regarda les jumeaux et soudain, leur adressa un clin d'œil.

Inquiets, les garçons le dévisagèrent avec méfiance. Mais Turid prit la parole et ils oublièrent instantanément le jeteur de runes.

Elle salua la foule et se tut, rassemblant ses pensées. Il y avait quelque chose d'inquiétant dans son expression tendue et quelque peu affligée.

Leur perception accrue par la curiosité, les gens autour d'elle restaient immobiles, conscients soudain du fait que leur destin se jouait.

La jeune reine inspira profondément et les gens autour d'elle en firent de même.

— Honorable assemblée, dit enfin Turid. Ce matin, vous m'avez demandé de proposer un successeur à mon mari, Konungr Torgeir, qui est mort en gagnant une bataille féroce contre l'ennemi, sans toutefois avoir fini la guerre.

Sa posture était fière, la voix était calme et claire, pourtant, les jumeaux sentirent que cela lui demandait des efforts inhumains.

— J'ai conscience que ma proposition va affecter l'avenir de notre peuple et aura des implications sur le résultat de la guerre. Ainsi, j'ai décidé de consulter quelques personnes, dont le jeteur de runes.

La foule murmura son approbation : le jeteur de runes était très respecté. Personne ne doutait de ses prophéties, car elles s'étaient toujours réalisées.

Turid continua :

— La gloire et la prospérité de notre peuple ont toujours été ma première préoccupation. Et c'est toujours le cas. C'est pourquoi je propose de nommer en tant que prochain konungr mon fils…

Les yeux d'Olaf étincelèrent de fierté et d'excitation. Hrafn se tourna vers lui et prit une profonde inspiration pour être le premier à crier les félicitations.

– ...Hrafn, termina Turid.

Bien que sa voix restât inchangée, ce dernier mot trahit une douleur dissimulée.

Hrafn se figea, la bouche ouverte et les poumons tellement remplis d'air qu'ils menaçaient d'exploser. Ce n'était pas possible ! Il avait dû mal entendre !

Mais l'expression perplexe de son frère jumeau lui confirma qu'il n'était pas le seul à le penser. Puis, l'instant de choc silencieux passa et des cris fusèrent de tous les côtés :

– Ce n'est pas possible !

– Il est cadet !

– C'est un tort !

– Le garçon aîné doit gouverner !

Turid restait immobile, priant pour que cela se termine le plus vite possible.

Le jeteur de runes gardait le silence, observant la scène.

Örjan avait l'air soulagé. Il tapota l'épaule de Hrafn en signe de sincères félicitations, un sourire rayonnant aux lèvres.

Hrafn cligna les yeux et se souvint de respirer. Il regarda Olaf, dont la stupeur virait peu à peu à la fureur. Hrafn secoua la tête, tentant instinctivement de se débarrasser de ce qu'il considérait comme un gros malentendu. Mais Olaf semblait le prendre au sérieux. Il fronça les sourcils et hurla en désignant son frère jumeau du doigt :

— Ce n'est pas juste ! Je suis né le premier, tout le monde le sait !

Cette agressivité qu'il n'avait pas méritée eut l'effet d'une gifle, d'une trahison. Hrafn voulut rétorquer, mais la hargne de son frère le laissa muet.

— Silence ! la voix puissante de Harald retentit par-dessus le vacarme.

Comme par magie, tout le monde se tut et le regarda.

— Vous savez tous que l'assemblée doit voter chaque proposition avant qu'elle ne devienne loi, annonça-t-il fermement. Et, selon la tradition, celui qui présente sa proposition a le droit de l'argumenter. Je propose donc à tout le monde de fermer la bouche et d'ouvrir les oreilles. Nous allons écouter ce que notre Reine a à nous dire.

De nouveau, tous les regards convergèrent vers Turid. Elle jeta un coup d'œil au jeteur de runes, comme si elle cherchait de l'aide, et déglutit :

— Je crois honnêtement, et Örjan ici présent est d'accord avec moi, que mes enfants sont plus aptes à gouverner que lui ou que moi-même. En ce qui concerne le choix final, le jeteur de runes me l'a suggéré.

Tout le monde dévisagea alors le jeteur de runes. Ce dernier fit calmement un pas en avant et prit la parole pour la première fois :

— Honorable assemblée, j'ai vécu parmi vous pendant

plus de cinquante hivers, et presque tout le monde ici présent est venu me demander conseil au moins une fois. Vous savez mieux que moi que l'on peut se fier à mes prophéties.

Les gens murmuraient avec approbation.

— Aujourd'hui, à la demande de notre Reine, j'ai jeté les runes pour les garçons. Ils sont tous les deux destinés à être de bons konungrs. Je ne peux pas vous révéler ce que les dieux leur préparent, mais une chose m'a fait suggérer le plus jeune pour la succession : l'Enfant Corbeau est celui qui gagnera cette guerre.

La foule en eut le souffle coupé.

— Je n'en dirai pas plus, conclut le jeteur de runes. Maintenant votez, et qu'Odin vous guide.

Sur ce, il recula et croisa les bras sur sa poitrine.

Les gens étaient perplexes. Ils parlementèrent, pesèrent le pour et le contre jusqu'à la tombée de la nuit, mais finirent par voter.

Les arguments du jeteur de runes produisirent leur effet : la majorité vota pour Hrafn simplement parce qu'ils voulaient la victoire.

L'opposition revendiqua le respect des traditions, mais accepta sa défaite sans cris ni menaces.

Harald s'approcha de Hrafn, qui avait toujours l'air abasourdi, et posa sa main sur l'épaule du garçon.

— Par le vote honnête de l'assemblée, je déclare Hrafn, fils de Torgeir, notre nouveau konungr !

La plupart des gens l'acclamèrent.

Harald attendit qu'ils se calment un peu, puis continua :

– Célébrons maintenant. Et demain, après le lever du soleil… – ici il baissa le regard sur Hrafn et le dévisagea avec une étincelle provocatrice dans les yeux – nous commencerons à nous préparer pour la guerre.

Hrafn déglutit et acquiesça. Une angoisse sourde grossissait dans son ventre.

Le sourcil d'Harald frémit légèrement, laissant transparaître son scepticisme, mais il ne dit rien.

L'instant suivant, la foule les sépara, se précipitant vers une longue rangée de tables en bois abondamment garnie de plats et de boissons. La fête commença.

Hrafn était assis en tête de table, son corbeau près de lui. Après avoir informé Hrafn que sa mère était allée consulter le jeteur de runes, l'oiseau l'avait en effet rejoint là-bas pour retourner en ville avec lui. Maintenant, le corbeau était perché sur le dos de sa haute chaise en bois. De sa place, Hrafn pouvait voir presque tout le monde et surtout, il était vu par tout le monde, ce qui le mettait mal à l'aise.

Olaf était toujours en colère après lui – il laissa exprès Ari s'asseoir entre eux. Quant à Turid, elle était assise à gauche de Hrafn, à côté d'Örjan et sa famille. La femme d'Örjan, Aud, l'opposé de son mari timide, submergeait Turid de ragots. Elle arrivait à manger et parler en même temps.

Hrafn se sentait isolé et trahi, comme s'il était soudain

devenu différent. C'était extrêmement désagréable et il dut s'efforcer de sourire, de répondre poliment aux questions et aux félicitations. Le cœur lourd, il n'avait aucune envie de manger ou de boire. Heureusement, les gens l'en empêchaient, car ils ne cessaient de le solliciter.

En ce qui concernait son frère jumeau, il mangeait et buvait pour deux. Rares étaient les occasions où les enfants âgés de dix hivers étaient autorisés à boire ; Olaf en profitait donc pleinement en vidant sa deuxième coupe d'hydromel.

La fête se déroulait comme d'habitude : une fois repus, les gens commencèrent à danser et chanter à la lumière du feu.

Hrafn, qui appréciait habituellement danser, ne put supporter qu'une seule danse avec sa cousine. Puis, il s'en alla. Il n'en pouvait plus de ce malentendu et du sentiment de solitude qui en résultait. Alors, il décida de parler aux gens qui lui étaient les plus proches – sa mère et son frère.

Ce dernier avait eu sa dose d'hydromel : saoul et endormi, il gisait allongé près du siège sur lequel il avait été assis, la bouche et les bras grands ouverts, comme pour embrasser quelqu'un.

Hrafn ne put s'empêcher de glousser. S'ils n'étaient pas fâchés, il aurait fait une farce à Olaf. Mais à présent, cela semblait déplacé. Soupirant, le nouveau roi se pencha, attrapa son frère par les aisselles et le hissa sur le banc pour que personne ne trébuche et ne tombe sur lui.

– Je vois que le nouveau konungr est le seul à rester sobre, résonna la voix d'Ari derrière lui.

Hrafn se retourna.

Le guerrier lui souriait du haut de sa taille. Compte tenu des évènements, Ari lui parut encore plus grand et fort. À côté de lui Hrafn se sentait tout petit et immature. Sans trop savoir quoi dire pour ne pas paraître ridicule, le garçon se contenta de hausser les épaules.

– C'est bien, commenta Ari en regardant Olaf. Tu n'auras pas besoin d'avoir mal à la tête demain.

Hrafn se raidit. Pourquoi parlaient-ils tous du lendemain ? Il ne savait pas trop ce qui allait se passer, mais apparemment, tout le monde attendait de lui quelque chose d'important, et son appréhension ne cessait de croître.

Ari avait beaucoup bu, mais il en avait l'habitude – il gardait la tête assez claire.

– Est-ce qu'on peut parler demain matin ? demanda Hrafn dans l'espoir que cela soulagerait son angoisse grandissante.

– Bien sûr. Viens sur le bateau à l'aube. Il s'arrêta net, en se rendant compte qu'il parlait au roi. Il n'était pas approprié pour lui de commander ainsi.

Hrafn comprit aussitôt son malaise et se hâta d'accepter :

– Je serai là. C'est le meilleur endroit.

Tous les deux se turent, sans trop savoir quoi dire. Ari réagit le premier. Il désigna Olaf du doigt et balbutia :

— Je vais l'amener à la maison. Il fait froid dehors le matin.

— Oui, s'il te plaît…

Il regarda Ari soulever du banc le corps mou de son frère et l'emporter, comme si Olaf ne pesait pas plus qu'un chat.

Ensuite, Hrafn se mit à chercher sa mère. Mais elle n'était nulle part. Une petite voix dans sa tête lui susurrait que ce n'était pas normal, mais il refoula cette idée, préférant penser qu'elle était occupée.

Mais ensuite, il remarqua le jeteur de runes qui s'en allait. Hrafn courut après lui.

— Ellri ! Ellri ! Attendez, s'il vous plaît !

Le vieil homme l'entendit et s'arrêta, attendant patiemment que le garçon s'approche.

Soudain, Hrafn se sentit perdu. Il voulait demander tant de choses qu'il ne savait plus quoi dire ni par quoi commencer.

— Pourquoi ?… réussit-il à marmonner enfin. Il voulait dire qu'il n'avait rien entendu dans la prophétie au sujet de la guerre, mais s'arrêta au bon moment, honteux de leur espionnage.

Le vieil homme semblait lire dans ses pensées. Ses yeux couleur ambre étincelèrent, amusés.

— Je comprends ta curiosité, jeune homme, dit-il en esquissant un sourire. C'est pour cela que j'ai révélé certains détails que ta mère n'a pas besoin de connaître pour le moment…

– Oh…, Hrafn devina que le jeteur de runes était au courant de leur espionnage, cependant, ça faisait bizarre de l'entendre.

– …mais à présent je pense que tu en as assez entendu.

Hrafn ouvrit la bouche pour le contredire, mais le jeteur de runes l'interrompit en levant la main :

– Maintenant que tu connais les grandes lignes de ton destin, c'est à toi de le forger. Tu ne veux quand même pas vivre comme un chien qui obéit à tous les ordres de son maître, n'est-ce pas ?

Hrafn secoua la tête. Il n'en était pas sûr, mais c'était ce que le vieil homme attendait de lui.

– Un homme sage fait face à ce qui lui arrive et ses choix peuvent changer beaucoup de choses. Tu es d'accord ?

Perplexe, le garçon ouvrit la bouche puis la referma, vaincu. Il hocha la tête, incapable de dissimuler sa déception. Il ne pouvait pas ne pas être d'accord avec le vieillard, mais il avait tellement espéré entendre quelque chose de rassurant ! Au lieu de cela, il se sentit seul et impuissant.

Même si le jeteur de runes avait lu dans ses pensées, cette fois-ci, il ne réagit pas. Il se contenta de tapoter l'épaule du garçon et dit :

– Utilise *ta* force, mais n'oublie jamais que toute force peut devenir faiblesse.

Étonné, Hrafn leva un sourcil, tout comme son père

le faisait autrefois. Le vieil homme lui sourit et ajouta :

— Bonne chance à toi, Konungr Corbeau, et que Thor t'aide !

Sur ce, il partit.

Pendant quelques temps, Hrafn resta immobile. Son cœur était lourd. Puis il soupira et se dirigea lentement vers sa maison.

Quand il arriva à la porte, le grand corbeau noir vola vers lui et atterrit sur son épaule. Le garçon le dévisagea, pensif, et après un moment d'hésitation, se tourna puis se dirigea vers la forêt nocturne.

Kateryna Kei

La première décision du roi

Lorsque les premiers rayons du soleil effleurèrent doucement la terre, Hrafn était déjà lavé et habillé. Il se dirigea vers la mer, son corbeau perché sur son épaule.

Autour d'eux, la ville se réveillait à peine. Les oiseaux et les animaux émettaient toutes sortes de bruits qui déchiraient le silence, pendant que les gens traînaient au lit. Il était normal de se lever tard après les fêtes.

Content de n'avoir croisé personne, le jeune garçon passa devant le grand hall où il avait été proclamé roi. Plus loin, la clairière gardait les traces de la fête : le sol était jonché d'ordures, de fleurs coupées, de coupes renversées et même d'une chaussure oubliée. Dans l'atmosphère épurée du matin, les évènements de la veille paraissaient irréels. Hrafn comprit que rien ne serait plus jamais comme avant. Son enfance insouciante était finie. À présent, il devait mener les hommes à la guerre et gagner là où son père avait perdu la vie. Sauf que son père était un grand Viking et un marin expérimenté, tandis que Hrafn n'avait jamais tué un homme.

Il marcha jusqu'à l'eau et s'arrêta à quelques yards des docks. Il tendit le bras devant lui. Le corbeau sauta dessus et se tourna pour faire face au garçon. Ils se regardèrent, échangeant leurs pensées. Le garçon esquissa un faible sourire et chuchota :

– Oui, nous allons faire de notre mieux.

L'oiseau croassa, comme s'il exprimait son accord, et s'envola. Il avait une nouvelle mission : voler en éclaireur pour évaluer la situation et prévenir Hrafn des projets de l'ennemi. Ils l'avaient décidé ensemble cette nuit et Hrafn espérait seulement que le corbeau aurait suffisamment de temps pour cela. Mais comme l'oiseau était désormais son seul ami, Hrafn ne put réprimer un sentiment d'insécurité grandissant en regardant le corbeau s'éloigner.

Le corbeau effectua un cercle d'adieu et plana au-dessus des vagues, vers l'horizon.

Hrafn le regarda jusqu'à ce qu'il eût disparu complètement. Une fois seul, il sentit son angoisse resurgir. Mais il ne pouvait pas faire demi-tour. Il avait toujours rêvé de devenir un grand Viking et l'occasion se présentait enfin. Il inspira l'air frais du matin et serra les poings. Il devait être fort et calme. Il devait inspirer le respect et la peur, tout comme son père. Puis, il se redressa, exhala et se dirigea vers les docks.

Les bateaux étaient vides et immobiles, les rames soigneusement empilées et les voiles baissées. Les équipages dormaient sur la terre ferme.

Ari était déjà là, fidèle à sa promesse. Il agita la main en faisant signe au garçon et l'aida à monter à bord.

– Tu n'as pas dormi, constata-t-il après avoir jeté un bref coup d'œil sur les yeux rouges et enflés de Hrafn.

– Toi non plus, rétorqua le garçon. C'était dur de monter la garde après la fête ?

Ari gloussa dans sa barbe, puis haussa les épaules :

– J'ai l'habitude. Comment te sens-tu ?

– Bien.

Ils se turent un moment. Pensif, Hrafn regardait autour de lui et Ari se grattait la barbe. Puis le garçon parla :

– Écoute, je n'ai jamais encore navigué. Peux-tu me parler de ce bateau avant que les autres n'arrivent, s'il te plaît ?

Un grand sourire illumina le visage du géant :

– Avec plaisir…

Plus tard, quand les guerriers se rassemblèrent enfin près du bateau, Ari était en train de montrer à Hrafn comment il avait sauvé Torgeir du bateau étranger.

– J'ai accroché la corde à ma ceinture, comme ça, expliqua-t-il. Ainsi, je pouvais utiliser les deux mains. Regarde !

Il recula, courut puis sauta. Le mât craqua légèrement lorsque le Viking fit un grand cercle dans l'air avant d'atterrir sur le pont, presque au même endroit.

Hrafn le regardait bouche bée.

– Hé, Ari, l'appela le guerrier nommé Kirk, nous

avons tous des choses plus importantes à faire que d'admirer tes derniers exploits !

Quelques Vikings se mirent à rire et Ari rougit.

Hrafn se dépêcha d'intervenir :

— En fait, c'est moi qui le lui ai demandé, dit-il fermement.

Les rires cessèrent aussitôt et un silence gêné tomba.

Tout le monde le dévisageait. Entouré des guerriers grands et forts qui formaient l'équipage et l'armée de son père, Hrafn se sentit tout petit et impuissant. Comment pouvait-il oser donner des ordres à ces géants expérimentés ? Et même s'il osait, ils n'écouteraient jamais un enfant ! Son estomac se noua et il dut lutter contre l'envie de s'enfuir. Mais c'était impossible. Il n'avait pas le choix. Hrafn sentit qu'il devait dire quelque chose, alors il posa la première question qui lui vint à l'esprit :

— Est-ce que quelqu'un pourrait me répéter quels étaient exactement les derniers ordres de mon père ?

Sa question se heurta au silence. Certains guerriers grimacèrent, sceptiques. Personne ne se sentait concerné, puisque Hrafn s'était adressé à tout le monde et non pas à quelqu'un en particulier.

Finalement, un guerrier nommé Sveinn prit la parole :

— Torgeir voulait que l'on prenne un point stratégique et on a conquis une forteresse. L'un de nos bateaux et quarante personnes sont restés là-bas.

— Pourquoi est-ce que la forteresse est importante ?

Sveinn haussa les épaules :

– Eh bien, elle est située assez loin de leurs villes et semble bien isolée.

– Il s'agit d'une sorte de protection côtière, précisa Ari. Elle est bien fortifiée et contenait beaucoup de bonnes armes.

Hrafn hocha la tête, pensif. Il lui paraissait fondamental de découvrir le véritable usage que les Étrangers faisaient de la forteresse conquise.

– Mon père vous a-t-il demandé d'y retourner après avec plus de guerriers ? demanda-t-il, cette fois-ci en s'adressant directement à Ari.

Ari se gratta la barbe.

– Eh bien… il n'a pas donné d'instructions à ce sujet. Il a seulement ordonné de nommer le nouveau konungr le plus vite possible, puis ce serait à lui de décider.

Il haussa les épaules :

– Donc, c'est à toi…

Le silence tomba de nouveau. Hrafn essaya d'imaginer ce que son père avait à l'esprit à ce moment. Il était sûr qu'il y avait un sens caché. Il venait de passer la nuit à y réfléchir, à en discuter avec son corbeau, et il avait compris une chose importante.

Depuis qu'Olaf et lui avaient quatre hivers, leur père leur enseignait l'art de manier les armes. Olaf avait hérité du talent de Torgeir pour les javelots, tandis que lui, Hrafn, excellait au combat à l'épée. Quand la mort se tenait à ses côtés, Torgeir avait sans doute eu une sorte de prémonition : il avait agi contre la tradition et avait ordonné de l'envoyer à Valhalla avec ses javelots au lieu de son épée. Il avait fait cadeau de son épée à son successeur. Manifestement, il savait déjà qui cela allait être.

La voix agacée de Kirk le tira brusquement de ses pensées :

— Combien de temps compte-t-on s'éterniser sur les souvenirs de Torgeir ? Nous sommes en guerre et l'ennemi n'attend pas ! Il posa les poings sur les hanches. Je comprends toute cette histoire de succession, mais bon sang, regardons la réalité en face !

Il se redressa, jeta un regard désapprobateur autour de lui, s'arrêtant longuement sur Hrafn, dont le cœur se serra.

— La guerre n'est pas un jeu d'enfant. Les Étrangers sont plus nombreux et surtout, se sont montrés bons guerriers. Nous avons besoin de compétences et d'expérience pour gagner !

Hrafn ne savait que trop bien où Kirk voulait en venir. Son pire cauchemar était en train de se réaliser. Il se sentit blessé et humilié. Il savait que ce moment honteux allait rester gravé à tout jamais dans sa mémoire : Kirk fort, fier et fâché dominant sa petite silhouette frêle sous le regard silencieux de tous les Vikings.

Kirk continua en désignant le garçon du doigt :

— Voilà ce que je te conseille, Konungr : choisis un guerrier parmi nous et laisse-le nous diriger avant que les dommages ne deviennent irréversibles !

Quelques Vikings murmurèrent en signe d'approbation.

Hrafn détourna le regard. Il luttait désespérément contre les larmes traîtresses. Il savait que Kirk avait raison, mais déléguer l'autorité à quelqu'un en se délestant ainsi de la responsabilité pour laquelle il avait été élu était lâche. On lui avait toutefois appris à systématiquement privilégier les intérêts de son peuple, ainsi que l'importance de la vie humaine. Alors, peu importait que cela lui brise le cœur et qu'il se sentirait très malheureux. Il se résolut à déléguer le commandement. Pas à Kirk, mais à Ari. Ce dernier était en effet le meilleur ami de son père et un très bon guerrier de surcroît.

Ces pensées lui traversèrent l'esprit le temps d'un soupir. La nuit, pendant qu'il rôdait dans la forêt avec son corbeau pour seule compagnie, il y avait déjà pensé. Il prit une profonde inspiration, essayant de produire une voix froide et régulière.

Mais avant qu'il ne puisse prononcer un mot, Orm se précipita en avant, ses sourcils gris froncés de colère :

— De quoi parles-tu ? jeta-t-il à Kirk. Le garçon a été élu konungr et ce n'est pas à toi de décider s'il est capable de nous mener à la guerre !

— Eh bien, c'est évident, n'est-ce pas ? rétorqua Kirk.

Orm croisa les bras sur sa poitrine :

— Si tu as peur pour ta peau, tu peux rester chez toi !

Le visage de Kirk devint rouge écarlate. Il leva ses poings serrés.

— Moi ? Peur ?! siffla-t-il, indigné, en s'avançant vers le conteur.

— Arrêtez ! cria Ari en s'imposant entre eux, les repoussant l'un de l'autre.

Il fallut du temps à Kirk pour reprendre le contrôle de ses émotions. Orm restait raide et déterminé, les bras croisés sur sa poitrine.

Enfin, Kirk jeta un regard agacé à Hrafn, recula et baissa les poings.

Ari parla de nouveau :

— Je pense qu'Orm a raison. Le konungr doit nous commander. Et nous devons l'aider.

— Nous pouvons gagner uniquement si nous sommes unis, si nous exploitons la force de chacun au lieu de laisser quelqu'un derrière ! ajouta Orm.

La plupart des guerriers étaient d'accord avec lui. Kirk n'avait pas l'air convaincu, mais il n'avait plus rien à dire. Alors il tourna le dos à tout le monde et se mit à contempler la mer. Orm jeta un coup d'œil à Hrafn qui luttait toujours contre les larmes et proposa :

— Pourquoi n'allons-nous pas prendre le petit-déjeuner sur la terre ferme ? Nous en avons rêvé pendant des semaines !

— Excellente idée ! approuva quelqu'un.

— Un petit-déjeuner chaud !

— Je ne suis pas d'accord avec toi, annonça Sveinn. Je m'en fiche du petit-déjeuner chaud s'il ne vient pas après une nuit inoubliable dans les bras d'une belle fille !

Un rire de tonnerre secoua les docks.

– Belle fille, si tu me nourris,

Je te réchaufferai la nuit…, chantonna quelqu'un et de suite, quelques voix profondes entonnèrent avec lui :

– Sers-moi ton vin délicieux,

Et je ferai tout ce que tu veux…

– Dis, Sveinn, qui était ta femme cette nuit ? demanda un jeune Viking aux cheveux roux.

Sveinn gloussa :

– Tu vas être jaloux si je te le dis !

– Impossible ! Ma Siv est la meilleure ! Alors, c'était qui ?

Ari s'approcha du rouquin et lui tapota lourdement l'épaule :

– Il ne te le dit pas parce que c'était ta Siv !

Tout le monde éclata de rire de nouveau.

Le rouquin secoua sa tête vigoureusement :

– Non ! C'est pas possible ! J'étais avec elle !

– Avec elle ou saoul, en train de ronfler à ses pieds ? le taquina quelqu'un en provoquant un autre fou rire général.

Le rouquin rougit jusqu'au blanc des yeux. Il avait été vraiment saoul cette nuit.

– Allez, Sveinn, dis-lui ! Tu le rends nerveux ! cria quelqu'un à travers le rire.

– D'accord, d'accord, répondit Sveinn résigné. C'était Eydis, cette charmante beauté aux hanches généreuses et aux boucles dorées…

Hrafn n'avait pas le cœur à rire avec eux. Il se tenait immobile au même endroit et les regardait partir. Orm posa sa main sur son épaule.

— Sois fort, Konungr. Tu vas y arriver, dit-il à voix basse et ajouta avec un clin d'œil :

— Et ne pleure jamais devant les guerriers !

Sur ce, il partit.

D'abord, Hrafn pensa les rejoindre, mais il n'avait pas envie de manger. Le regard fixé sur son ombre étalé sur le pont, il pensait à Kirk, à Orm et à tous les autres. Non, il n'allait pas pleurer ! Il était le fils de Konungr Torgeir le Brave ! Il allait leur prouver ce qu'il valait !

Il se redressa, regarda autour de lui. Le temps était limité et il allait l'exploiter à maximum.

Il était maintenant seul sur le bateau. Alors, il se mit à l'étudier en détail par lui-même, se remémorant tout ce qu'Ari lui en avait dit. Il plongea même dans l'eau froide du fjord pour observer la quille en bois. Il avait toujours rêvé de commander un bateau de guerre.

Enfin, satisfait de son inspection, Hrafn se dirigea vers la plage.

Assis sur une pierre, Ari nettoyait son épée. Il jeta un regard interrogateur à Hrafn, sans s'arrêter.

Hrafn rejeta en arrière ses cheveux mouillés et demanda :

— Combien de temps nous faut-il pour pouvoir repartir ?

— Pas plus d'une journée : les bateaux ne sont pas

abîmés. On a juste besoin de flèches, de provisions et d'eau.

Le garçon regarda la mer.

— Il faut sept jours pour arriver chez les Étrangers par beau temps…

Il fronça les sourcils. Il fallait en parler avec le corbeau. Leur plan secret était de découvrir les projets des Étrangers avant d'entreprendre toute action sérieuse. L'oiseau était déjà en train de voler vers la ville principale des Étrangers, mais il leur fallait plus de temps. Hrafn ferma les yeux et projeta ses pensées vers le corbeau.

Il sentit le vent frais et salé. Il vit le ciel bleu et les vagues qui brillaient au-dessous de lui. La liberté du vol était enivrante, mais le corbeau l'écouta attentivement.

— *Les guerriers ne veulent pas s'attarder*, lui expliqua mentalement Hrafn.

— *Essaye de gagner au moins une journée, sinon ce sera inutile*, répondit l'oiseau.

Hrafn ouvrit les yeux et regarda Ari :

— Une journée de plus, dit-il. Tu penses que l'on peut rester ici encore une journée ?

Ari haussa les épaules et se gratta la barbe, surpris.

— Difficile à savoir… mais les autres l'accepteront plus facilement que s'il s'agissait de deux jours de plus.

Hrafn soupira :

— Écoute, j'en ai vraiment besoin ! On va prendre le risque !

Le Viking avait l'air hésitant :

– Comme tu veux, Konungr.

Hrafn hocha la tête :

– Je veux que quelqu'un me dessine un plan des terres des Étrangers. Quant aux autres, ils peuvent se détendre jusqu'à demain matin.

– Je te dessinerai le plan, mais d'abord, je dois aller le leur annoncer.

Ari s'en alla à grandes enjambées, tandis que Hrafn ôta sa chemise et l'essora.

Personne n'apprécia le premier ordre du nouveau konungr.

– La farce commence… grogna Kirk en agrippant sa ceinture.

– Les ordres sont les ordres, répondit Orm calmement, mais cette fois-ci, il avait l'air moins convaincu.

Ari partageait leurs sentiments. En tant que Viking et guerrier, il ressentait une grande envie de faire quelque chose, de rejoindre ceux qui étaient restés dans la forteresse, d'aller là-bas et de venger la mort de Torgeir, ou au moins de commencer à bouger ! Il lui semblait déplacé, voire honteux de se reposer en temps de guerre. Mais d'un autre côté, en tant que meilleur ami de Torgeir, il ne voulait pas compliquer davantage une situation déjà épineuse. Alors, il s'en alla précipitamment, en laissant ses camarades en proie à leurs doutes.

Hrafn et Ari restèrent sur la plage jusqu'à midi. Ari traça sur le sable mouillé le plan du territoire étranger avec un bâton. Y figuraient la grande grotte où leur première bataille avait eu lieu et la ligne côtière jusqu'à la forteresse.

– Nous n'avons pas eu le temps d'explorer le reste, expliqua-t-il.

Puis Hrafn lui demanda de dessiner le plan de la forteresse, le questionnant sur chaque étape de leur conquête et sur tout ce qu'ils avaient trouvé à l'intérieur.

Pas habitué à parler autant, Ari appela Orm à la rescousse pour que ce dernier complète les parties manquantes.

Le garçon paraissait infatigable. Il posait de plus en plus de questions sur les Étrangers, sur leur façon de vivre, leurs traditions et leurs dieux. Bientôt, les deux hommes ne surent plus quoi répondre.

– Pourquoi en as-tu besoin de toute façon ? soupira Ari, exaspéré. Ils sont nos ennemis ! Nous devons les tuer, pas apprendre leurs mœurs !

– Je ne sais pas encore, avoua Hrafn. Tout peut s'avérer utile.

– Il a raison, approuva Orm. Plus tu en sais sur ton ennemi, plus il te sera facile de le vaincre.

Enfin, Hrafn laissa les deux hommes partir. Non parce qu'il avait épuisé son flot de questions, mais parce qu'ils lui avaient dit tout ce qu'ils savaient. En plus, son estomac commençait à gargouiller. Il décida donc de rentrer chez lui pour manger un bout.

Il se sentait à présent moins malheureux. Mais il lui

restait encore deux choses importantes à faire, car elles le consumaient de l'intérieur et étaient la raison principale de son mal-être – il devait à tout prix faire la paix avec Olaf et parler à sa mère.

~~~

Quand il arriva chez lui, il remarqua Olaf dans la cour. Hrafn se précipita vers lui, désireux de mettre un terme à leur bouderie.

Olaf se tenait debout devant la clôture qu'il serrait des deux mains, tournant le dos à son frère.

En s'approchant, Hrafn fit exprès de bruir l'herbe sous ses pieds pour avertir Olaf de sa présence. Mais ce dernier ne réagit pas.

– Olaf… commença Hrafn. J'ai besoin de te parler…

Son frère tourna lentement la tête et le regarda. Son visage était pâle et enflé, et ses yeux injectés de sang.

– J'ai envie de vomir… articula-t-il juste avant de rendre son repas de la veille.

Hrafn réprima un mouvement de dégoût.

– Je t'amène de l'eau ? proposa-t-il une fois qu'Olaf releva la tête.

Puisque son frère ne manifestait aucune réaction, il prit un seau en bois et courut en direction du puits.

Olaf ne bougea pas pendant que Hrafn s'absentait. Il restait debout, la tête baissée, s'agrippant à la clôture.
~~~

Hrafn ramena le seau rempli d'eau fraîche et le vida d'un coup sur la tête de son frère jumeau.

Pris au dépourvu, Olaf en eut le souffle coupé. Quand sa voix lui revint, il fusilla Hrafn du regard et grommela :

– Ça n'va pas ?

– C'est pour t'aider… son frère haussa les épaules, tout penaud.

Olaf resta silencieux pendant un moment, comme s'il écoutait son propre corps. Puis il demanda :

– Encore !

Hrafn répéta la procédure. Cette fois-ci, Olaf ne rouspéta pas – il plaça son visage enflé sous le jet d'eau froide. Ensuite, il lâcha la clôture et fit quelques pas irréguliers vers le banc en bois sur lequel il se posa doucement.

Hrafn le rejoignit. Pendant un moment, tous les deux gardèrent le silence. Puis Olaf gémit :

– Mon crâne va exploser !

– Ari dit qu'il faut boire de l'hydromel pour se sentir mieux.

– Beurk ! grogna Olaf. Ça va me rendre encore plus malade !

Hrafn haussa les épaules :

– Ça vaut le coup d'essayer. Il paraît que c'est le seul remède.

Olaf appuya son dos sur la clôture et ferma les yeux.

– Je vais chercher quelque chose à manger, annonça Hrafn en se levant.

Une fois de plus, Olaf ne réagit pas.

Le garçon apporta des tranches de viande froide, du fromage, quatre pains ronds ainsi qu'une carafe d'hydromel et deux tasses en bois.

Olaf lui jeta un regard vide à travers les cils et ne dit rien.

Hrafn commença à manger. Il avait tellement faim que la nourriture simple lui parut très délicieuse. Il en avait déjà englouti la moitié lorsqu'Olaf parla :

— D'accord, donne-moi un peu d'hydromel. Je n'en peux plus.

Il se força à ouvrir les yeux et regarder son frère, puis se redressa.

Hrafn remplit la tasse en bois d'hydromel et la déposa dans la main tendue de son frère.

Olaf détourna la tête, écœuré par l'odeur. Toutefois, il se força à en avaler une bonne gorgée.

Hrafn oublia de mâcher, les yeux rivés sur son frère.

Le visage d'Olaf se tordit comme s'il venait d'avaler un hérisson furieux. Les yeux écarquillés, il porta la main à sa bouche et prit quelques profondes inspirations.

— Alors ? chuchota Hrafn qui observait son frère avec inquiétude.

— Umhumm… fut sa réponse que Hrafn interpréta comme « Je me sens mieux, merci », car Olaf finit sa tasse et poussa un soupir de soulagement.

Il appuya son dos contre la clôture et referma les yeux.

Déçu, Hrafn comprit qu'il n'y aurait plus aucune conversation et continua à manger. Mais peu après, Olaf entrouvrit un œil et demanda :

– Donne-moi du pain, veux-tu ?

Il commença à mastiquer doucement et prudemment, comme s'il craignait que son estomac ne l'accepte pas. Sans manifestation, peu à peu, il dévora tout ce qui restait.

Ensuite, il ôta sa chemise mouillée, s'allongea sur le banc et s'endormit avant que son frère ne puisse trouver quelque chose à lui dire.

Perplexe, Hrafn dévisagea son frère, le dos appuyé contre la clôture. Il n'allait pas le réveiller, surtout pas après qu'Olaf ait été tellement malade. Alors, il essaya de trouver quelque chose d'utile à faire à la place. Pas facile après le repas : il se sentait fatigué, ensommeillé, et la chaleur de midi atténuée par une brise légère à l'ombre de l'arbre eut raison de lui.

– *Ça ne dérangera personne si je dors une petite heure*, se dit-il, glissa du banc et se coucha confortablement dans l'herbe.

Le duel à l'épée

Hrafn ne savait pas combien de temps il avait dormi, mais quand il ouvrit les yeux, il était déjà tard l'après-midi. Olaf le dévisageait de son banc. Il venait de se réveiller lui aussi.

Hrafn se rappela des derniers évènements et demanda :

— Ça va mieux ?

Olaf ne répondit pas tout de suite. Il souleva doucement la tête et s'assit.

— Je crois que l'hydromel a marché… marmonna-t-il enfin.

Hrafn sourit et s'assit lui aussi. Une opportunité s'offrait à lui.

— J'ai besoin de te dire quelque chose… commença-t-il rapidement. Il avait besoin qu'Olaf l'écoute et en même temps s'efforçait à maîtriser sa voix enrouée après le sommeil.

— Je te jure par tous les dieux que je n'ai rien fait pour être nommé konungr ! J'étais persuadé que ça allait être toi. J'ai été carrément surpris !

Il poussa un profond soupir ; il ne savait pas quoi dire d'autre pour convaincre son frère.

Olaf cligna les yeux, comme s'il était pris au dépourvu, et hocha la tête.

Hrafn écarquilla les yeux – il ne s'attendait pas à une telle réaction.

Olaf détourna le regard et commença à gratter le sol avec le bout de sa chaussure.

– Je sais… balbutia-t-il.

Hrafn déglutit ; il n'en revenait toujours pas de la tournure des évènements. Ses yeux brillants d'espoir, il se hâta de demander :

– Alors on est amis de nouveau ?

Olaf mordit sa lèvre puis croisa son regard, gêné :

– Oui.

Souriant jusqu'aux oreilles, Hrafn lui tendit le petit doigt de sa main droite. Olaf le saisit avec son petit doigt et ils se serrèrent les mains ainsi. La paix fut rétablie.

– Écoute, Olaf, je veux te demander quelque chose…

– Vas-y.

Olaf glissa du banc et s'assit dans l'herbe à côté de son frère.

Hrafn mordit l'intérieur de sa joue en cherchant les mots justes, et enfin dit :

– Toute cette histoire de succession… C'est juste… Je crois que j'ai plus d'ennuis avec ça que je n'ai imaginés. Ils s'attendent à ce que je gagne la guerre, mais apparemment, les Étrangers sont beaucoup plus nombreux que nous, et en plus, je n'ai jamais combattu pour de vrai ! Mais le pire est que les Vikings n'obéiront jamais à mes ordres ! Pour eux, je ne suis qu'un enfant – trop jeune et trop bête. Beaucoup d'entre eux souhaitent que je laisse ma place à quelqu'un de plus expérimenté.

Olaf l'écoutait bouche bée. Il ne s'attendait pas du tout à ça.

Hrafn prit une profonde inspiration et demanda :

– Tu te sens de m'aider ?

Olaf cligna les yeux, surpris.

– Eh bien, à deux nous sommes plus forts, ce sera plus facile si on fait tout ensemble, expliqua Hrafn. Qu'est-ce que tu en penses ? Je peux compter sur toi ?

Olaf le dévisageait, incrédule.

– Tu veux dire…, bredouilla-t-il, tu veux dire qu'on va gouverner… ensemble ?

Hrafn acquiesça solennellement.

Olaf sourit de toutes ses dents :

– Tu peux compter sur moi, frère…

~~~

Une marque de chandelle plus tard les jumeaux s'entraînaient au combat. Ils étaient habitués à le faire chaque jour dans leur cour, en alternant l'arc, les javelots et l'épée. Ce jour-là, c'était le tour des épées, et puisqu'ils étaient à nouveau amis, il n'y avait pas de raison de déroger à la règle. Armés d'épées et de boucliers en bois,
~~~

les jumeaux essayaient d'inventer de nouveaux coups et mouvements.

L'entraînement se déroulait comme d'habitude. Au bout d'une heure, deux garçons voisins s'arrêtèrent devant la clôture pour les regarder, mais les jumeaux n'y prêtèrent pas attention. Ils y étaient habitués.

Enfin, quand Hrafn battit son frère pour la troisième fois, haletants et en sueur, tous deux décidèrent d'arrêter.

Un homme sauta alors par-dessus la clôture et s'approcha d'Olaf. Hrafn reconnut Sveinn, le Viking charmeur.

Sveinn tendit le bras vers l'épée d'Olaf :

– Puis-je te l'emprunter pour un moment ?

Essoufflé, le garçon lui tendit son épée et son bouclier.

Sveinn examina l'épée rapidement et se tourna vers Hrafn :

– Défends-toi, Konungr…

Même si c'était imprévu, le garçon réagit tout de suite et leva son épée.

Sveinn attaqua instantanément et Hrafn esquiva.

Sveinn avança, balançant son épée encore et encore.

Hrafn esquiva encore et attaqua à son tour.

Sveinn para et força Hrafn à reculer.

Hrafn évita un autre coup et bloqua le suivant avec son épée.

Sveinn sourit et augmenta la vitesse.

Hrafn suivit, malgré la fatigue croissante.

Les yeux de Sveinn étincelèrent et il changea de tactique, utilisant des bottes compliquées que le garçon ne connaissait pas.

Hrafn combattait de toutes ses forces. Il sautait et se contorsionnait pour esquiver les coups, mais l'épée de Sveinn le touchait encore et encore, lui laissant des bleus douloureux. Son adversaire, par contre, avait l'air détendu et satisfait.

Si l'épée avait été en métal, Hrafn serait mort depuis longtemps, mais comme elle était en bois, Hrafn décida de tenir aussi longtemps que possible. C'était une question d'honneur pour lui maintenant. Il était sûr que Sveinn voulait prouver qu'il était faible et ne valait rien, que Sveinn attendait qu'il abandonne. Alors, Hrafn concentra tous ses efforts sur la résistance.

À un moment, Hrafn sentit qu'il ne tiendrait plus très longtemps et il recula. Il rassembla toutes ses forces et fonça sur Sveinn, son arme en position.

Ce dernier ne s'y attendait pas, mais il contra l'attaque et, Hrafn se trouvant très près de lui, Sveinn le rejeta d'un coup de coude.

Hrafn reçut son coude en pleine poitrine. Aveuglé par la douleur soudaine et incapable de respirer, il fit un pas tremblant en arrière et tomba sur le dos. Le ciel bleu au-dessus de lui s'assombrit et le garçon pensa qu'il était en train de rendre l'âme. Mais ensuite, ses poumons se remplirent d'air de nouveau et l'obscurité se dissipa progressivement.

Sveinn se tenait au-dessus de lui.

– Tu as gagné… grommela Hrafn, pensant que jamais encore il n'avait eu tellement honte.

Sveinn sourit et lui tendit la main :

– Bien joué, Konungr. Tes bases sont très bonnes.

Incapable de déterminer s'il s'agissait d'un compliment ou d'une moquerie, Hrafn saisit la main de Sveinn, et le Viking le remit debout.

Le garçon ne put s'empêcher de grimacer lorsque son corps répondit avec douleur à ce mouvement brusque.

Sveinn le remarqua :

– Désolé, ma main est lourde…

Hrafn aperçut Ari, Orm et trois autres Vikings qui se tenaient debout derrière la clôture. Ils avaient regardé le combat. Olaf se tenait à côté d'eux, un sourire animé aux lèvres. Hrafn fronça les sourcils – était-il en train de rêver ou son frère était content de le voir vaincu d'une manière aussi humiliante ? Il se promit de le lui faire payer à la première occasion.

À ce moment-là, Sveinn lui serra la main et détourna son attention de ses sombres pensées :

– Merci pour ce duel. C'était instructif.

Il lui rendit l'épée et le bouclier d'Olaf, et ajouta :

– Si tu continues à t'entraîner ainsi, un jour, tu pourras me battre.

– Oh ! entonnèrent les Vikings et Olaf et se mirent à applaudir.

Hrafn les regarda d'un sale œil.

— Je n'ai jamais pensé qu'un jour tu dirais ça ! s'exclama un Viking et Hrafn reconnut le jeune homme roux amoureux d'une certaine Siv.

— Eh bien, je l'ai dit, répondit Sveinn calmement.

Il sauta avec aisance par-dessus la clôture et jeta un dernier coup d'œil à Hrafn, qui dévisageait tout le monde comme s'ils avaient perdu la tête.

— À ce propos, dit Sveinn, après ton premier ordre, la plupart d'entre nous avaient pensé que tu étais un lâche… Eh bien, Konungr, tu viens de me prouver le contraire.

Sur ce, il tourna les talons et s'en alla, laissant Hrafn encore plus perplexe.

Puis Olaf courut vers lui et tapota joyeusement son épaule.

— Beau duel, frère ! sourit-il sincèrement.

Hrafn grimaça, indigné :

— T'es fou ?! Je viens de perdre !

Tout excité, Olaf haussa les épaules :

— Ouais… Mais il est le meilleur épéiste de la contrée. Personne ne l'a jamais vaincu. Et toi, tu as réussi à tenir bien longtemps !

Hrafn ouvrit la bouche d'étonnement :

— Vraiment ?

— Ari vient de me le dire. Et Sveinn pense que tu pourras y arriver un jour ! Bien joué, frère !

Hrafn n'écoutait plus. Il laissa les épées et les boucliers choir dans l'herbe, se précipita vers la clôture et l'enjamba aussi vite que son corps couvert de bleus le lui permettait.

— Je reviens ! jeta-t-il à Olaf qui haussa le sourcil, étonné.

~~~

Comme s'il n'y avait pas eu de duel, Sveinn flirtait déjà avec une fille de la maison voisine. Charmant, sûr de lui, il le faisait avec la même aisance que le combat. Sa stratégie avait l'air de fonctionner : les joues légèrement roses, la jeune fille souriait, lui jetant des regards curieux par-dessous ses cils.

— Sveinn ! appela Hrafn en arrivant à toute vitesse et les faisant presque sursauter.

Sveinn se retourna. Le garçon se rendit compte que ce n'était pas vraiment le bon moment pour l'interrompre.

— Euh… Je peux te toucher un mot ?

— Je reviens, promit Sveinn à la fille d'une voix basse et calme avant de s'avancer vers Hrafn.

— Que veux-tu ? chuchota-t-il d'un ton pressant.

— Apprends-moi à manier l'épée, s'il te plaît !

Sveinn, qui d'habitude n'exprimait pas trop ses émotions, marqua son incrédulité.

— Eh bien, je n'ai jamais enseigné quoi que ce soit, tu sais, répondit-il lentement. Je ne suis pas vraiment fait pour cela…

— S'il te plaît ! supplia Hrafn, oubliant complètement
~~~

qu'il était roi. Tu es le meilleur, moi, je rêve de le devenir ! Si seulement je pouvais prendre quelques cours ! Je promets, je serai un très bon élève !

Sveinn soupira, jetant un coup d'œil rapide en direction de la fille.

— Non, annonça-t-il sèchement.

— S'il te plaît ! J'en ai vraiment besoin !

— Je déteste enseigner…

— S'il te plaît ! …

Sveinn prit une profonde inspiration, et expira lentement.

— Bon, on va essayer une seule fois… Je te dirai quand. Maintenant, disparais !

Un sourire heureux illumina le visage du garçon.

— Merci ! Merci beaucoup, Sveinn !

Il ne sentait même pas ses bleus lorsqu'il courut l'annoncer à Olaf.

— Génial ! fit son frère jumeau, tout sourire. Tu m'apprendras après ?

— Bien sûr !

Kateryna Kei

Les larmes de maman

Ensemble, les jumeaux allèrent nager avant de rejoindre les Vikings pour le dîner.

— Olaf, chuchota Hrafn après qu'ils aient déjà englouti la moitié de leur soupe épaisse à la viande et à la crème fraîche, as-tu vu maman depuis hier ?

Olaf hocha la tête :

— Mmm… Une ou deux fois. Mais elle ne m'a pas parlé.

— Eh bien, moi, je ne l'ai même pas vue. Tu penses qu'elle nous évite ?

Olaf eut l'air terrifié :

— Tu penses qu'elle sait qu'on l'a espionnée ? Oh… elle doit être en colère !

Hrafn haussa les épaules :

— Je ne pense pas qu'elle le sache. Du moins, le jeteur de runes n'a pas dit qu'il l'en a informée.

— Alors qu'est-ce qui ne va pas ?

— Je n'en sais rien. Mais il faut qu'on la retrouve et qu'on s'assure qu'elle va bien.

Ils finirent leurs assiettes à la hâte, et se dépêchèrent de rentrer chez eux.

La maison était vide. Ils avaient manqué Turid de peu, car le feu crépitait, tout était propre et ordonné, leurs lits étaient préparés et des habits propres les attendaient.

Les jumeaux firent un tour autour de la maison, mais leur mère n'y était pas.

— Tu penses qu'elle est où? demanda Olaf inquiet.

— J'sais pas… Hrafn haussa les épaules. Mais il faut qu'on la trouve !

— D'accord… Tu cherches la partie ouest de la ville, moi, je vais à l'est. Celui qui la trouve la ramène à la maison.

Sur ce, ils partirent dans des directions opposées.

Olaf courut dans les rues. Il saluait les gens à son passage et leur demandait s'ils avaient vu Turid. Mais la seule chose qu'on lui répondait était que Turid était chez elle, ce qui ne lui était d'aucune utilité.

Il jeta un regard dans la grande cabane qui servait de cuisine aux Vikings, mais sans succès. Il alla même jusqu'à la mer vérifier les docks, où le Viking en garde le prit pour Hrafn, mais en vain. Fatigué, espérant que son frère avait eu plus de succès, Olaf se dirigea vers la maison, tout en restant vigilant et en revérifiant tout sur son passage en quête du moindre signe de sa mère.

Pendant ce temps-là, Hrafn essayait d'en faire de même de son côté. Ne souhaitant pas provoquer des soupçons, il ne demandait rien à personne. Il regarda rapidement dans le grand hall où on organisait les assemblées, et dans les autres bâtiments communs, mais sans résultat.

Il se remémora les occupations normales de sa mère à cette heure-ci et décida qu'il était trop tard pour rendre visite aux voisins. Pour cette raison, il ne prit pas la peine d'aller les voir. Au lieu de cela, il parcourut quelques rues en courant et s'arrêta au carrefour, perplexe. Sans son corbeau, les recherches étaient trop difficiles. Il était par ailleurs épuisé, son corps entier l'élançait depuis le duel avec Sveinn. Il éprouvait toutefois un sentiment gênant de malaise et d'inquiétude pour sa mère. Il ne faisait aucun doute qu'il y avait un problème et il ne pouvait pas partir avant de le régler.

Hrafn poussa un soupir et se posa sur une grande pierre à côté de la route. Il se frotta le front des deux mains, tenta de se calmer et d'imaginer ce que sa mère ressentait. Il était peu probable qu'elle fût au courant de leur espionnage. Alors pourquoi les évitait-elle ? La seule explication possible était que la prophétie l'avait contrariée, qu'elle essayait de le cacher et de se reprendre en solitude. Si c'était le cas, il fallait la trouver au plus vite pour l'aider, comme son père l'aurait fait. Le garçon s'imagina à la place de sa mère. La nuit dernière, il avait été très contrarié et au lieu de dormir à la maison, il était allé errer dans la forêt en compagnie de son corbeau !

La nuit était déjà tombée. La forêt bordait la ville, sombre et mystérieuse, bourdonnant de vie et de bruissements. Hrafn n'avait pas peur : il allait souvent dans la forêt la nuit avec son corbeau. Il savait qu'aucun esprit forestier ne lui ferait jamais de mal.

Tout comme lorsqu'il chassait, il prit soin d'étudier la lisière et les chemins jusqu'à ce qu'il repérât des empreintes de pieds. Il les suivit et arriva dans une petite clairière illuminée par des rayons de lune. Turid était assise sur une souche, embrassant ses genoux. Elle semblait si seule, triste et petite que le garçon eut envie de pleurer.

Il s'approcha encore et marcha sur une branche sèche qui craqua bruyamment.

Turid tressaillit et jeta un regard dans sa direction. Rapide et silencieuse, elle était déjà en train de s'enfuir.

Avant qu'elle ne disparaisse, le garçon l'appela :

– Maman ! C'est moi…

Elle se figea, ombre fine et élancée entre les troncs d'arbres. Elle se tourna lentement. Hrafn ne distinguait que sa silhouette. Il pénétra lentement dans la tache de lumière et supplia :

– Maman, je veux te parler !

Légère comme un esprit forestier, elle vint vers lui. La lune éclaira son visage pâle et fatigué, révélant la brillance humide de ses yeux enflés.

Hrafn ne savait pas quoi dire et se sentit très coupable de leur espionnage. Alors, il se contenta de balbutier :

– S'il te plaît, maman, ne sois pas en colère après nous. Nous sommes vraiment désolés…

Elle se rassit sur la souche pour que son visage soit à la même hauteur que celui de son fils.

— En colère ? murmura-t-elle la voix tremblante. Je ne suis pas en colère ni après toi, ni après Olaf.

— Non ? cela le fit se sentir mieux. Alors pourquoi tu nous évites ?

Elle détourna le regard :

— Désolée, c'est que… je pensais à votre père… Elle se frotta le front et regarda le garçon de nouveau. Je promets de ne plus vous éviter.

Son sourire tendu fit Hrafn froncer les sourcils.

— Ça a quelque chose à voir avec la prophétie, n'est-ce pas ? demanda-t-il.

Malgré elle, elle en eut le souffle coupé, lui indiquant qu'il avait raison.

— Maman, je sais tout ! Nous avons entendu ! Nous étions derrière la porte !

Elle tressaillit, comme s'il l'avait giflée. Ses yeux s'emplirent d'horreur, la faisant pâlir un peu plus.

Hrafn ne s'était jamais senti aussi mal.

— Maman, je suis désolé !… C'était mon idée. On voulait tellement connaître l'avenir au cas où ça allait parler de nous…

Turid ne dit rien. Elle fixait le sol tandis que des larmes amères coulaient abondamment le long de ses joues.

Le garçon tomba à genoux devant elle en lui prenant les mains :

— S'il te plaît, maman, ne pleure pas ! Nous sommes désolés ! Nous ne le referons plus jamais, promis ! Maman… tu ne peux pas être si triste parce que nous avons écouté !

Elle le regarda, secoua la tête, puis lui caressa les cheveux. Hrafn se sentit si soulagé qu'il poussa un soupir.

Turid s'essuya les yeux d'un geste de la main. Elle s'efforçait d'arrêter de pleurer.

Hrafn resta silencieux ; il rassemblait ses pensées. Il fallait régler ce problème. Maintenant.

— Si ce n'est pas notre espionnage, alors c'est la prophétie qui te rend malheureuse, n'est-ce pas ? Maman, regarde-moi…

Elle croisa son regard sérieux et il continua :

— Je sais que mon destin n'a pas l'air très prometteur, mais on ne peut pas le changer.

Tous les efforts de la femme pour endiguer le flot de larmes furent ruinés d'un seul coup. Elle dut presser le poing contre sa bouche pour étouffer ses sanglots.

— Papa disait toujours qu'il faut profiter de chaque instant de la vie comme si c'était le dernier, parce que tout le monde va mourir un jour. Tu t'en souviens ?

Elle acquiesça, ses épaules tremblaient légèrement.

— Maintenant je suis vivant, sain et sauf. Alors, oublie la prophétie et ne pleure pas, s'il te plaît.

Elle hocha la tête.

Hrafn se releva et tendit les bras vers elle. Elle

l'embrassa précipitamment et le fit s'asseoir sur ses genoux, le serrant contre elle comme si quelqu'un s'apprêtait à le lui enlever. Le garçon la laissa faire : après tout, personne ne pouvait les voir.

– Je t'aime, chuchota-t-elle.

– Moi aussi, je t'aime, entendit-elle sa voix étouffée. Nous avons beaucoup de temps à passer ensemble… et j'ai une guerre à gagner. Il leva la tête et la regarda. Nous avons besoin de toi ici et maintenant. Quant à l'avenir, ce qui doit arriver arrivera. D'accord ?

– D'accord… chuchota-t-elle en le serrant contre elle, impressionnée par sa maturité. Elle déposa un baiser sur le sommet de sa tête.

Ils gardèrent le silence un moment. Turid faisait un effort surhumain pour se ressaisir. Quand enfin elle eut l'impression d'avoir réussi, elle brisa le silence :

– Tu sais, j'ai eu raison en te nommant konungr.

– Pourquoi ? Le jeteur de runes t'a vraiment dit que je gagnerai la guerre ? Nous n'avons pas entendu ça.

– Hummm… il a dû deviner que vous étiez là. Il me l'a murmuré à l'oreille juste avant que je ne parte.

Le garçon se gratta le bout du nez, pensif.

– J'ignore comment je suis censé y arriver.

Sa mère haussa les épaules :

– Je suis vraiment désolée, mais je ne sais pas comment je peux t'aider. Elle poussa un soupir. J'aurais dû le faire moi-même, mais à vrai dire… j'ai trop peur !

Elle était profondément dégoûtée d'elle-même.

Hrafn l'embrassa, se pressa encore plus contre elle.

– C'est normal d'avoir peur, dit-il calmement. Après tout, les hommes sont censés être meilleurs guerriers que les femmes. Moi, j'ai appris à combattre, j'arriverai peut-être à inventer une stratégie. Tu as dit que le jeteur de runes m'a vu le faire.

Turid était toujours dévorée par les remords. Hrafn posa ses deux mains sur les joues mouillées de sa mère et la força à croiser son regard.

– Écoute, je ne t'en veux pas de m'avoir choisi, vraiment ! Prendre la place de papa est un honneur. Mais nous étions tellement sûrs que ça allait être Olaf que c'est… que… oh ! Je n'arrive toujours pas à y croire !

Elle lui adressa un faible sourire.

– Moi aussi, j'ai toujours du mal à y croire. Son regard devint grave. Écoute, quoi qu'il arrive, tu peux toujours compter sur moi. Je t'aiderai autant que je peux, je serai présente à tes côtés et je donnerai ma vie volontiers pour toi ou pour ton frère !

Les yeux de Hrafn s'emplirent d'horreur :

– Ne pense même pas à mourir pour moi ! Quand je mourrai, tu devras vivre ! La vie est merveilleuse et nous devons en profiter autant que possible ! De toute façon, après, on se retrouvera tous à Valhalla. Et puis, il faut que tu t'occupes d'Olaf, et ensuite de ses enfants et de ses petits-enfants !

Ces mots la firent sangloter à nouveau.

Hrafn l'embrassa et tapota son dos avec douceur.

– Pleure un peu, maman, tu te sentiras mieux.

Elle trouva étrange d'entendre ces mots de son fils, mais au fond, elle avait besoin qu'on le lui dise – pour évacuer le trop-plein d'émotions. Alors, elle s'abandonna complètement, le visage caché dans les cheveux de Hrafn. Elle pleura tellement fort que son corps tremblait. Elle pleura pour toute la douleur de ces derniers jours jusqu'au moment où elle avait adressé le dernier « au revoir » à son mari, quand il partait à la rencontre de sa mort.

Hrafn restait immobile sur ses genoux en lui caressant le dos. Elle s'accrochait à lui, comme elle s'accrochait à sa mère, puis à son mari, ayant intensément besoin d'empathie et de réconfort.

Elle eut l'impression de pleurer pendant une éternité, mais quand enfin elle se calma, elle sentit un délicieux soulagement l'envahir et éprouva une profonde reconnaissance envers son petit homme.

Hrafn leva la tête et la regarda. Il avait mal au dos, mais rien au monde ne pouvait le faire l'avouer. Il perçut le changement positif de l'humeur de Turid et se hâta d'occuper son esprit par des choses concrètes :

– Qu'est-ce que tu me conseilles pour la guerre ?

En regardant son visage, Hrafn remarqua avec joie qu'elle n'était plus contrariée, mais pensait à l'avenir avec calme et détermination.

– Mon conseil sera comme suit, dit-elle enfin, reste calme et ne laisse pas la panique t'envahir.

Hrafn hocha la tête :

— Merci, je saurai m'en souvenir… Promets-moi juste de ne pas t'inquiéter.

Un léger sourire releva les coins de sa bouche :

— Ce sera trop difficile, tu le sais…

— Au moins, promets-moi d'essayer !

— D'accord. Je promets.

— Bien, murmura-t-il en l'embrassant de nouveau.

Elle se contenta de caresser ses cheveux dorés.

— Oh, maman, Olaf nous attend, se rappela soudain Hrafn. Rentrons.

Ils marchèrent jusqu'à la maison main dans la main, en paix et en harmonie.

~~~

Olaf les attendait, assis près du feu. Dès que la porte s'ouvrit, il se leva d'un bond et se précipita vers eux :

— Maman ! On te cherchait partout !

Turid l'embrassa avec tendresse :

— Pardon. Je me sentais trop malheureuse.

— C'est la prophétie, expliqua Hrafn. Mais nous avons déjà réglé ça.

— Bien, sourit Olaf. Il n'y a vraiment pas de quoi t'inquiéter. En fait, Hrafn a décidé de partir après-demain. Et tu sais quoi ? Je gouverne avec lui !

Un sourire heureux illumina le visage de Turid.
~~~

– Je suis ravie de l'entendre, dit-elle. Il vaut mieux en effet que vous restiez ensemble.

Les jumeaux sourirent malicieusement et échangèrent un regard complice.

– C'est sûr, dit Olaf. Est-ce qu'on t'a déjà remerciée de nous avoir faits jumeaux ?

Les préparatifs

Le matin suivant, Olaf et Hrafn se levèrent à l'aube.

Les Vikings les retrouvèrent près des bateaux, impatients de commencer à faire quelque chose. Pour la première fois de leur vie, les garçons participaient à la préparation d'une campagne de guerre.

Ari les aidait gentiment en leur fournissant des explications de temps à autre. Les Vikings savaient parfaitement ce qu'ils avaient à faire – les ordres étaient inutiles et les garçons ne faisaient qu'aider.

Aux alentours de midi, alors que tout le monde déjeunait, Örjan arriva soudain.

– Hrafn, je voudrais te parler… dit-il timidement.

La bouche pleine, Hrafn se leva et quitta la table.

Ils marchèrent ensemble jusqu'à la mer, hors de portée d'oreilles indiscrètes.

Örjan était nerveux. Hrafn connaissait cette particularité qui lui était propre, aussi il prit la parole le premier :

– Oncle, je voulais te dire que mon statut de konungr ne change rien : tu restes mon bon ami et quand la guerre sera achevée, je viendrai certainement t'aider à récolter la moisson.

Örjan sourit :

– Merci, Hrafn… En fait, je voulais justement te parler de la guerre.

– Bien sûr. Dis-moi…

Le géant détourna le regard ; ses doigts jouaient nerveusement avec le laçage de sa chemise.

– C'est… je… je veux aller au combat avec toi. Prends-moi dans ton armée ! Torgeir était mon frère et je sens que je dois faire quelque chose pour venger sa mort ! Il regarda son neveu, doutant de s'être bien exprimé, mais sans savoir quoi dire de plus.

Le garçon ne prit même pas le temps de réfléchir :

– Pas de problème, dit-il. Je serai très content de t'avoir à mes côtés !

Örjan sourit, soulagé, et ajouta :

– Je promets de ne pas discuter tes ordres !

Hrafn était ému :

– Merci.

Örjan ignorait combien il était soulagé d'avoir une personne fiable à ses côtés, quelqu'un qui le soutiendrait sans poser de questions, quelles que soient ses décisions.

~~~

Après le repas, les jumeaux passèrent un moment à discuter vivement de leur stratégie. Hrafn expliqua à Olaf
~~~

que le corbeau volait vers les terres des Étrangers en éclaireur, mais qu'il n'était pas encore arrivé.

Olaf reconnut que c'était une décision intelligente, même si, à la différence de Hrafn, il ne pensait pas que les Étrangers attaqueraient leur ville dans l'immédiat.

— Pourquoi le feraient-ils ? Si j'étais leur roi, j'aurais d'abord repris la forteresse avant d'attaquer d'autres cibles.

Hrafn haussa les épaules :

— C'est possible. Mais ils sont plus nombreux que nous. Il faut prendre en compte toutes les possibilités. La forteresse est le seul point que nous avons conquis chez eux. S'ils sont rusés, ils attendront que l'on y déplace tous nos guerriers. Pendant ce temps, ils attaqueront nos terres restées sans protection, puis ils reviendront tuer tous ceux qui sont dans la forteresse.

Olaf agita sa main avec dédain :

— Ça m'a l'air trop tiré par les cheveux.

— Pas du tout.

— Mais si ! Tu as besoin de tous les guerriers que tu peux avoir, en premier lieu parce qu'ils ont l'avantage du nombre ! Parfois, une douzaine de guerriers en plus peut faire pencher la balance vers la victoire !

Hrafn poussa un soupir.

— D'accord. Mais de toute façon, on ne peut pas laisser la ville sans protection. On ne sait jamais qui encore voudra profiter de l'occasion et conquérir nos terres !

Olaf ne trouva rien à dire contre cela.

– Alors, combien de personnes vont rester ici ? demanda-t-il.

Hrafn haussa les épaules :

– Je ne sais pas encore. Il se peut que les guerriers ne soient pas du tout d'accord avec cette stratégie.

Olaf se gratta la tête et réfléchit un peu.

– Tu sais à quoi je pense ? dit-il enfin à voix basse en se penchant vers son frère. Tu es le seul qui peut gagner la guerre à cause de l'oiseau. Personne d'autre n'a ça. Donc, ton corbeau est notre atout principal !

Hrafn le dévisagea, pensif.

– Ça paraît logique. Le jeteur de runes m'a dit d'utiliser « ma force », comme s'il parlait d'une force particulière.

Olaf hocha la tête, le regard animé.

– Olaf, tu es le seul qui sait, à part le jeteur de runes. Mais ce dernier ne compte pas. Dans ce cas, ce serait mieux si tu restais ici, dans la ville, pour que je puisse te prévenir par l'intermédiaire du corbeau si besoin.

Olaf gémit d'exaspération. Mais Hrafn continua, sans lui laisser la possibilité de l'interrompre :

– Le corbeau n'est pas encore arrivé chez les Étrangers et nous ne savons rien de leurs projets, mais si je retarde encore notre départ, les Vikings se rebelleront. Moi, je vais partir, et toi, tu prendras ma place ici. Tu organiseras la protection et la défense de la ville.

Olaf ne voulait pas rester. Il avait toujours rêvé de partir à la guerre en bateau, et maintenant, quand son rêve s'était presque réalisé, on le lui enlevait ! La perspective d'être en charge de la ville n'était rien en comparaison d'un voyage de guerre. Et si personne ne les attaquait ?

Hrafn savait très bien ce que son frère ressentait. Parfois, ils pouvaient partager leurs sentiments d'un simple regard. Mais il était important de protéger la ville, et la présence d'Olaf rendrait possible la communication entre eux.

Olaf soupira. Il savait que Hrafn avait raison. Par ailleurs, il avait toujours honte de sa réaction infantile au moment où son frère avait été nommé konungr – Hrafn n'avait jamais montré ni éprouvé de la jalousie alors qu'il pensait que c'était Olaf qui devait prendre la place de leur père. Hrafn était heureux pour lui, fier et encourageant, tandis que lui… Olaf regrettait son comportement et voulait réparer ce tort.

– D'accord, on fait comme ça, accepta-t-il, incapable cependant de cacher sa déception. Il naviguerait la prochaine fois.

~~~

Un peu plus tard, Hrafn sélectionna les gens pour l'équipage de chaque bateau.

Ils disposaient de deux grands et d'un petit bateau de guerre. Les jumeaux décidèrent que le petit resterait, au grand mécontentement de certains Vikings. Hrafn allait naviguer sur un grand bateau. Orm, Kirk et son oncle
~~~

Örjan feraient partie de son équipage. Hrafn voulait qu'Ari commande le deuxième bateau.

– Pourquoi est-ce que tu prends Kirk avec toi ? chuchota Olaf. Mets-le avec Ari.

Hrafn secoua la tête :

– Il est le plus contrarié. Il s'oppose à tout ce que je dis et fais. Il vaut mieux que les gens comme ça restent à mes côtés.

Olaf roula les yeux.

– C'est fou ! Si tu les laisses tous sur ton bateau, il y aura sûrement une mutinerie ! Ou pire encore, ils te tueront avant même que tu n'arrives chez les Étrangers !

Hrafn se tourna vers son frère :

– On les sépare alors ?

Olaf acquiesça, sérieux :

– Oui. Sépare chacun d'entre eux de son meilleur ami. Ça atténuera automatiquement l'opposition.

C'était plus facile à dire qu'à faire. Ils ne connaissaient même pas les prénoms de certains guerriers, sans parler des liens entre eux.

Finalement, Hrafn appela Ari et lui demanda conseil. Ce dernier était ravi d'aider, et son intervention rassura visiblement ceux qui doutaient ouvertement des capacités de Hrafn à commander.

– Merci pour ta confiance, Konungr, lui dit Ari. Puisque je ne suis pas sur le même bateau que toi, prends Sveinn dans ton équipage. Il est bon au gouvernail et il sait lire les étoiles et le ciel tout aussi bien que Kirk.

Hrafn suivit son conseil volontiers, notamment parce qu'il avait hâte de prendre son cours avec Sveinn.

Ari représentait vraiment une aide précieuse : il s'adressait à chaque guerrier par son prénom et mentionnait les plus grandes forces et faiblesses de chacun. Hrafn comprit qu'il le faisait exprès, mais Ari le faisait naturellement, sans mettre le doigt sur l'ignorance du garçon et sans avoir l'air d'enseigner. Olaf et Hrafn apprirent beaucoup en peu de temps et se sentirent très reconnaissants envers Ari.

L'équipage de chaque grand bateau regroupait soixante guerriers. Deux douzaines de guerriers resteraient par ailleurs dans la ville sous le commandement d'Olaf. La nouvelle qu'un autre enfant les dirigerait sur terre ne fit qu'empirer la situation. Mais les protestations teintées de colère s'évaporèrent rapidement en murmures, car quelqu'un remarqua le jeteur de runes qui passait. Le vieil homme les salua d'un signe de la main.

Tout le monde respectait le jeteur de runes. Ce n'était pas dû à la peur, mais au fait que presque tout le monde avait eu recours à ses prophéties et les avait vues se réaliser. Personne n'avait de raison de l'accuser de supercherie.

— Pourquoi ne partent-ils pas avec nous ? demanda quelqu'un avec une déception évidente en indiquant de la main le groupe des guerriers qui restaient.

Quelques Vikings hochèrent la tête avec un brin de défi.

Hrafn se tourna vers lui et expliqua :

– Nous ne pouvons pas laisser la ville sans protection, n'est-ce pas ? Nous sommes en guerre après tout.

– Bien sûr, le coupa Kirk, agacé. Mais ce n'est pas nécessaire de laisser autant de monde ici quand on a grand besoin d'eux à bord ! De toute façon, qui va nous attaquer ? Tous les voisins sont nos vassaux ou alliés ! Si tu en veux la preuve, quelques-uns de leurs guerriers sont ici, dans ton équipage !

Hrafn l'écouta, réfléchit un peu et annonça :

– Peut-être que tu as raison… On va voir… il se tourna vers les Vikings sélectionnés pour rester. Toi et toi, appela-t-il en désignant du doigt deux hommes qui paraissaient particulièrement mécontents de rester. L'un de vous va rejoindre mon équipage et l'autre va avec Ari.

Les guerriers obéirent avec empressement. Hrafn se tourna vers Olaf, se souvenant de ce dont ils étaient en train de parler.

Le visage de Kirk vira au rouge vif : ce chiot se moquait ouvertement de lui ! La rage brûlante l'envahit. Ses poings se serrèrent et un rugissement naquit dans sa poitrine. Son plus grand désir était de jeter le garçon sur ses genoux et de lui administrer des claques jusqu'à ce qu'il comprenne ce que signifiait l'expression « respecter les grands » !

Mais il ne bougea pas : l'oncle de Hrafn, qui apparut de nulle part et devint de suite le garde-corps du garçon, fit un pas dans sa direction. Örjan ne dit rien, mais ses sourcils froncés en disaient davantage que de grands discours. Örjan était fermier. Il savait manier la hache et la taille impressionnante de ses poings indiquait qu'il était un adversaire redoutable dans le combat au corps à corps. Kirk décida judicieusement de remettre sa session éducative à plus tard. Il baissa ses poings, mais la rage étouffée continuait à se déchaîner en lui et grossissait à mesure qu'il tentait de la contenir.

En le regardant, Olaf rigolait doucement :

– J'aurais aimé aller avec toi rien que pour pouvoir regarder le visage de Kirk quand il réagit à tes ordres ! chuchota-t-il.

Hrafn esquissa un demi-sourire, le visage sérieux.

– Eh bien, je ne suis pas bien placé pour trouver ça drôle, se plaignit-il. J'aurais aimé que tu viennes avec moi, mais à part toi, personne ne peut m'aider ici.

Olaf hocha la tête, résigné :

– La prochaine fois, je suppose…

~~~

Vers le coucher du soleil, les bateaux étaient prêts pour naviguer.

Avant le dîner, Hrafn rassembla tous les Vikings, ceux qui partaient et ceux qui restaient.

– Ce serait bien que nous établissions un système de signes pour communiquer entre nous au cas où nous devrions agir sans faire de bruit.
~~~

– Nous en avons quelques-uns, l'interrompit Ari. La palme ouverte signifie « attends ! » ; quand tu appelles avec le bras droit, ça signifie « attaque ! ». La même chose avec le bras gauche veut dire « suis-moi ! ». Autrement, chaque capitaine sait ce qu'il faut faire.

– D'accord, réfléchit le garçon. Je pense juste que nous devons agir plus comme une équipe. Et si le résultat en était meilleur ? Ne serait-ce pas plus facile si tout le monde savait ce que font les autres ?

Les Vikings gardèrent le silence, mais leurs expressions indiquaient que Hrafn avait capté leur attention. Alors, il continua :

– Je propose que l'on invente les signes pour « ramez ! », « arrêtez de ramer ! », « dressez la voile ! », « baissez la voile ! », « levez l'ancre ! », « jetez l'ancre ! », « tirez les flèches ! », « à l'abordage ! »…

À vrai dire, Olaf et lui, avaient inventé tout ça depuis longtemps. C'était leur système secret dans leurs jeux, et, connaissant son efficacité, le garçon voulait le tester dans la vie réelle.

Les Vikings ne paraissaient pas particulièrement enthousiastes. Cependant, ils répétèrent docilement les signes après Hrafn, quelquefois avec un air d'ennui profond, puis se précipitèrent à table.

Je navigue !

La nuit, Hrafn ne put s'endormir. Le prochain voyage de guerre occupait entièrement ses pensées et le remplissait d'appréhension et d'angoisse.

À son grand soulagement, Olaf ne put s'endormir non plus. Ensemble, ils quittèrent la maison sur la pointe des pieds pour ne pas réveiller leur mère, et s'assirent dans la cour où ils discutèrent jusqu'à l'aube de leur stratégie et des évolutions possibles de la guerre. Hrafn n'était pas encore parti, mais ils se languissaient déjà l'un l'autre, et le fait de récapituler chaque détail ensemble pour la millième fois les fit se sentir mieux.

Turid se réveilla avant l'aube et insista pour qu'ils prennent le petit-déjeuner ensemble. Ils mangèrent en silence, chacun plongé dans ses pensées sur les évènements à venir.

Avant qu'ils ne quittent la maison, Turid parla :

– Olaf, Hrafn, je veux vous dire quelque chose avant que vous ne partiez.

Les jumeaux craignaient une cérémonie d'adieu

longue et sentimentale qui les mettrait mal à l'aise. Cependant, ils ne pouvaient pas refuser à leur mère une chose pareille.

Turid était très calme.

– D'abord, je veux que vous sachiez que je vous fais entièrement confiance, quels que soient vos projets. Je suis persuadée que vous saurez ce qu'il faut faire. Cependant, je suis une femme *et* votre mère. Je tiens donc à vous donner quelque chose pour que les dieux vous protègent, afin de ne pas trop m'inquiéter.

Elle retira deux lacets en cuir qu'elle portait en collier. Ils étaient ornés de deux petites pierres d'un signe runique différent. Elle s'agenouilla devant Hrafn et noua l'un d'eux autour de son cou. Puis elle l'embrassa sur le front et les deux joues. Ensuite, elle répéta la procédure avec Olaf.

– S'il vous plaît, gardez-les sur vous en permanence, et que les dieux vous protègent ! dit-elle doucement d'une voix tremblante. Je vous aime beaucoup tous les deux.

~~~

Enfin, les deux bateaux quittèrent les docks et glissèrent fièrement vers le soleil levant, sous le regard admiratif de la foule.
~~~

Le matin était beau et frais, et, de retour en pleine mer, les Vikings se réjouissaient. Ils ramaient avec énergie et discutaient gaiement.

Dès qu'ils quittèrent la baie, un vent fort attrapa les bateaux. Les marins empilèrent leurs rames et dressèrent leurs voiles rectangulaires rayées jaune et rouge.

Hrafn savourait chaque seconde. C'était son premier grand voyage en bateau et tout lui paraissait nouveau et intéressant. Il aurait aimé ramer un peu, mais avec le bon vent qui les propulsait vers l'avant, il n'y en avait nul besoin.

Certains Vikings faisaient une sieste ; d'autres parlaient, jouaient avec des figurines en bois qu'ils déplaçaient sur une planche à carreaux, ou simplement nettoyaient leurs armes.

Hrafn restait assis à côté du gouvernail ; il regardait la mer et la terre qui disparaissait rapidement. Tout cela lui paraissait incroyable : une semaine à peine plus tôt, il jouait avec Olaf à bord de leur barque minuscule, sans même s'imaginer qu'il allait bientôt naviguer sur un vrai bateau de guerre en tant que konungr.

Orm s'approcha et s'assit à côté de lui.

– Tu parais pensif, Konungr.

Hrafn croisa son regard et haussa les épaules.

– Je n'arrive toujours pas à y croire, avoua-t-il. Je suis en train de vivre un rêve.

Le vieux Viking gloussa :

– La guerre n'est pas vraiment un rêve, plutôt un cauchemar. Tuer pour tuer est révoltant.

Son regard perdu dans les vagues, le garçon acquiesça :

– Je sais. Mais ne doit-on pas savourer le moment présent tel qu'il est, au lieu d'imaginer toutes sortes de mauvaises choses ?

– On dirait que c'est ton père qui parle !

Le garçon sourit de plaisir. Il aimait être comparé à son père. Puis il jeta à Orm un regard curieux.

– Peux-tu me raconter une légende, s'il te plaît ?

La moustache grise d'Orm se souleva et les rides autour de ses yeux se creusèrent lorsqu'il sourit.

– Pourquoi pas ? Laisse-moi te parler de la Porte des Étoiles…

~~~

Le soir, Sveinn décida de donner à Hrafn son cours d'épée.

– Tu dois être extrêmement attentif, préconisa-t-il au garçon qui brûlait d'excitation. Les épées sont vraies cette fois-ci et tu ne voudrais pas les abîmer avant la bataille, n'est-ce pas ?

Pour la première fois, le garçon prit l'épée de son père. Elle était longue et lourde avec son pommeau lobé. La lame était droite, en acier damassé, à double tranchant, avec une gouttière qui courait tout le long. Le
~~~

dessin mystérieux qui l'ornait ressemblait à des flammes dansantes.

Sveinn reconnut l'épée tout de suite et ses lèvres formèrent un léger sourire :

— Ne te vexe pas, mais elle est peut-être trop lourde pour toi.

Hrafn haussa les épaules :

— Je n'en ai pas d'autres.

Ils prirent leurs boucliers et se placèrent au centre du bateau, où il y avait le plus de place.

Ils essayèrent quelques coups de base que le garçon connaissait déjà, mais il ne protesta pas, car il avait promis d'être un bon élève. Il voulait que Sveinn continue à lui donner des cours et faisait de son mieux pour satisfaire son nouveau professeur.

L'épée de son père était effectivement trop lourde pour lui. Bientôt, son bras devint douloureux, mais il continua à combattre, les dents serrées.

— Tourne ton bouclier un peu vers l'extérieur, le corrigea Sveinn. Il faut que l'épée de ton ennemi glisse sur lui aussi loin de toi que possible sans le casser. Ça te donnera du temps. Essaye encore !

Sveinn n'alla pas plus loin que les bases, attirant son attention sur des détails auxquels il n'avait jamais pensé :

— Plus vite sur celui-là !

— Je viens de le faire il y a un instant ! Tu dois être attentif, t'en souvenir et être prêt la prochaine fois !

– Ici, quand tu sautes par-dessus l'épée, attention à tes bras : c'est ton opportunité d'attaquer par surprise !

– Reste toujours sur tes gardes ! Tu dois contrôler chaque muscle de ton corps en même temps et l'épée doit faire partie intégrante de toi !

Hrafn écoutait, mais il se sentait si fatigué qu'il s'attendait à ce que ses jambes se dérobent sous lui. Quant à Sveinn, il paraissait comme d'habitude : calme et plein d'énergie. Il faisait le garçon répéter les sauts et les mouvements encore et encore, sans pitié.

Quand il annonça enfin que la leçon – ou plutôt la séance de torture – était terminée, Hrafn était épuisé.

Haletant, ses mains appuyées sur ses hanches, il déglutit et demanda presque en chuchotant :

– Tu me donneras encore un cours ?

Sveinn lui jeta un coup d'œil rapide et examina sa propre épée, l'expression insondable. Puis, il la rangea soigneusement dans le fourreau et annonça :

– Bon, d'accord. Je vais t'en donner encore un. Je ne te dis pas quand, mais fais en sorte d'avoir assimilé tout ça avant.

– Je le ferai, articula Hrafn, pensant avec désespoir qu'il lui faudrait des mois pour tout maîtriser. Merci !

Les yeux de Sveinn étincelèrent et un léger sourire fit se courber ses lèvres :

– Je t'en prie.

Hrafn se traîna vers un coin tranquille et s'endormit, sans même s'en rendre compte.

Quand il se réveilla à l'aube, sa première pensée fut de s'entraîner.

Le rythme de vie sur le bateau était différent du rythme à terre. Les Vikings dormaient à tour de rôle, et la moitié de l'équipage était toujours éveillée. Il était donc impossible de s'entraîner discrètement. Cela le dérangeait fortement, surtout qu'il ne s'était jamais entraîné seul. L'équipage n'ayant par ailleurs guère de sympathie pour lui, il était enclin à se railler de ses maladresses. Mais le besoin d'être prêt pour son prochain cours était plus fort ; il n'avait pas d'autre choix que de serrer les dents et s'exercer sous les regards critiques des Vikings.

Ces derniers l'observèrent avec intérêt, mais heureusement, personne ne fit de commentaires ni ne se mit à rire. Bientôt, Hrafn se concentra tellement que tout s'effaça autour de lui, faisant corps avec son épée et son bouclier.

Depuis la veille, ses muscles très sollicités étaient endoloris et courbaturés, il lui fallut donc faire appel à toute sa volonté pour continuer. Mais plus il s'entraînait, plus il en oubliait la douleur.

Orm l'interrompit pour lui annoncer que le petit-déjeuner était prêt.

Hrafn rangea soigneusement l'épée de son père, se lava rapidement et se joignit aux autres.

Il faisait toujours beau, le vent restait bon et fort.

Guettant la réaction de Hrafn, Kirk annonça à haute voix :

– S'il continue à faire si beau, nous y serons plus vite que prévu ! Trois jours, je dirais !

Le garçon haussa les épaules, indifférent :

– Bien.

La journée se déroula tout comme la précédente. Pour exercer leurs muscles, les Vikings ramèrent un peu, faisant la course entre les deux bateaux, mais ensuite, la chaleur de midi les fit s'arrêter et se reposer à nouveau.

Hrafn profita de l'occasion pour ramer avec les autres. La rame mesurait presque vingt pieds, ce qui ne lui facilitait pas la tâche. C'était encore pire avec ses muscles endoloris. Il ne put supporter qu'une trentaine de coups, mais se sentit satisfait d'avoir essayé.

Plus tard dans la soirée, le garçon essaya de s'entraîner de nouveau, mais il était trop fatigué et dut s'arrêter rapidement. Sveinn le vit faire, mais ne manifesta aucune réaction.

Pendant le dîner, Hrafn s'assit intentionnellement à côté de Sveinn. Il était très intrigué par ce Viking aux cheveux noirs qui paraissait contrôler tellement bien ses émotions. Hrafn voulait lui parler.

Sveinn se contenta de lui jeter un coup d'œil rapide et se poussa un peu pour lui faire de la place.

Il s'avéra que Hrafn n'était pas le seul intéressé par les expériences de Sveinn – le jeune Viking roux était assis en face d'eux. Hrafn apprit qu'il s'appelait Knut. Knut admirait le succès indiscutable de Sveinn auprès des femmes et espérait apprendre de lui quelques techniques.

Quant à Sveinn, il n'avait manifestement aucune intention de parler : son attention figée sur son repas, il était déterminé à en savourer chaque morceau. Mais si Hrafn attendait poliment qu'il ait fini, Knut était beaucoup plus direct et impatient.

— Hé, Sveinn, appela-t-il. Et ton Eydis, alors ? Tu as couché avec elle juste pour t'amuser ou tu penses un jour l'épouser ?

Knut ne voulait vexer personne. C'était dans sa nature – son regard reflétait la curiosité enfantine.

Sveinn prit son temps pour finir de mâcher avant de commenter d'un ton désinvolte :

— Si tu essayes d'impressionner une femme, et c'est ce qui t'intéresse vraiment, ta hardiesse et ta franchise risquent de vouer tes efforts à l'échec.

Knut ouvrit ses yeux bleus en grand.

— Mais… mais comment veux-tu que je parle, alors ? demanda-t-il, confus.

— Avec délicatesse, dit Sveinn, impassible, tout en déposant soigneusement une tranche de fromage sur son pain.

Ottar, qui était assis à côté de Knut, lui administra un léger coup de coude et ricana :

— Tu perds ton temps, mon gars. Où as-tu vu un guerrier délicat ? Il voit que tu es fasciné et il joue sur ta naïveté pour en rire après !

Sveinn gloussa :

— Oh oui ! Écoute Ottar ! La seule femme qu'il a

réussi à séduire est Asta, qui le connaît depuis qu'il est né. Et puisqu'il n'a toujours pas d'autre alternative, il finira par l'épouser.

Tout le monde éclata de rire. Ottar avait l'air dégoûté.

– Non ! rétorqua-t-il. Prends garde à toi, Sveinn, ou je vais épouser ton Eydis juste pour me venger !

Sveinn se contenta de hausser les épaules :

– Vas-y, si tu veux. Mais j'en doute sérieusement.

Les yeux de Knut brillèrent de nouveau. Il leva la main, coupant la parole à Ottar qui voulait ajouter quelque chose, et s'exclama :

– Allez, Sveinn, dis-moi quel est ton secret !

Calme et imperturbable, comme à son habitude, Sveinn croisa son regard :

– Il n'y a pas de secret. C'est comme le combat : tu observes, tu écoutes, tu fais attention et tu essayes d'anticiper…

– Oui, bien sûr ! l'interrompit un autre Viking. Cache-toi derrière ton bouclier, saute sur elle quand elle ne s'y attend pas et toujours, toujours attaque !

Un fou rire secoua le bateau.

Sveinn souriait mystérieusement, tandis que Knut avait l'air complètement perdu : il tournait la tête d'un côté à l'autre et clignait des yeux.

Ottar lui tapota le dos :

– Arrête de rêver, mon gars. Il ne révélera jamais ses secrets. Son père était un forgeron…

Cette fois-ci, Hrafn resta bouche bée.

— Vraiment ? demanda-t-il avec la même expression admirative que Knut avait affiché un instant auparavant.

Sveinn lui jeta un coup d'œil rapide tout en croquant son pain. Seulement après, il hocha la tête.

Cette fois-ci, la curiosité de Hrafn fut plus forte que son sens de la politesse. Pour prévenir toute intervention possible et tout changement de sujet, il se hâta de demander :

— Et tu sais forger les épées, toi aussi ?

Sveinn prit le temps de déglutir et répondit :

— Je connais le processus, si c'est ce que tu veux savoir. Mais comme tu peux l'observer, j'ai opté pour devenir un Viking.

— Une grande perte pour notre peuple, je le dirai toujours ! commenta Orm qui surgit de nulle part. Il s'assit de l'autre côté de Hrafn et expliqua :

— Je ne veux pas dire qu'il est un mauvais guerrier, mais son père venait d'Arabie. Il connaissait le secret de fabrication des meilleures épées.

Les yeux pleins d'admiration, le garçon se retourna vers Sveinn.

— Est-ce que ton père est encore vivant ?

Sveinn secoua la tête :

— Il est mort dans un accident il y a presque huit hivers.

— Il te reste encore de la famille ?

— Certainement, quelque part au sud.

– Et tu comptes les retrouver un jour ?

Sveinn lui jeta un regard pensif.

– Je ne suis jamais allé là-bas. Je suis né dans notre ville et mon père n'a plus jamais voyagé, autant que je me rappelle.

– Il a dû t'avoir raconté beaucoup de choses intéressantes sur son pays ! s'émerveilla le garçon.

Cette fois, Sveinn resta muet, le regard fixé sur son bout de pain.

Hrafn imagina vivement son propre père, quand il leur apprenait des choses ou racontait des histoires. Un fort sentiment de vide l'envahit et il sentit sa gorge se serrer. Il avala pour se débarrasser de cette sensation et se dépêcha de s'excuser :

– Désolé, il doit te manquer… dit-il tout bas, pour que Sveinn soit le seul à l'entendre.

Sveinn le regarda longuement, son sourcil haussé. Embrassant ses genoux, le garçon fixait le pont du regard vide, plongé dans ses pensées. Sveinn songea soudain que Hrafn devait avoir du mal à faire face à tout cela. Pour la première fois, il éprouva de l'empathie pour le nouveau konungr.

Le rêve prophétique

Hrafn se réveilla en sursaut. Son corbeau l'avait appelé.

Le soleil n'était pas encore levé, mais le ciel commençait déjà à virer au gris. Le vent tombait un peu. À côté du garçon, son oncle Örjan ronflait comme un ours dans son sommeil.

Pour se débarrasser des restes du sommeil, Hrafn se mit debout et s'appuya sur le bastingage. Il ferma les yeux et prit une profonde inspiration. Il se trouva instantanément dans la tête du corbeau, regardant le monde à travers les yeux de l'oiseau. Il planait très haut dans le ciel matinal, le vent fort et rafraîchissant caressait ses plumes. C'était si bon de voler, un pur plaisir. Le garçon savourait sa liberté autant que le corbeau. Loin au-dessous de lui, sept bateaux glissaient sur les vagues, les voiles gonflées par le vent. Du haut de son vol, les bateaux paraissaient petits, comme des jouets. Mais en vérité il s'agissait de grands bateaux de guerre. Les bateaux de guerre des Étrangers. La vue du corbeau était si précise que Hrafn pouvait clairement distinguer la cargaison – les pierres et les armes diverses, ainsi que les hauberts en maille des équipages.

Il était beaucoup plus rapide de partager les pensées que les mots. Le temps d'un souffle, le garçon apprit que l'oiseau était arrivé chez les Étrangers, découvrant ainsi que leurs bateaux de guerre étaient déjà partis. Il lui fallut toute la nuit pour les retrouver et comprendre leurs intentions.

– *Ils se dirigent vers notre ville*, l'informa le corbeau en silence. *Ils ont presque une journée d'avance sur toi. Vite !*

Hrafn ouvrit les yeux. Son cœur battait la chamade. La ville n'avait aucune chance contre une telle armée. Il avait deviné la stratégie des Étrangers, mais cela ne lui fit pas plaisir. Il se tourna et hurla :

– Nous faisons demi-tour ! Maintenant !

– Quoi ?! s'étonna Ottar qui était assis à côté.

Hrafn se tourna vers Sveinn qui était au gouvernail :

– Sveinn, fais-nous tourner, vite !

Cette fois-ci, Sveinn n'essaya même pas de dissimuler sa stupéfaction :

– Konungr, qu'est-ce que tu as ? On a parcouru plus de la moitié du chemin !

– Tourne le bateau, s'il te plaît ! J'expliquerai après ! Hrafn mit deux doigts dans la bouche et siffla. Le son perçant recouvrit le bruit du vent et de la mer et fit sursauter la plupart des Vikings. On l'entendit même sur le deuxième bateau.

Hrafn cria :

– Commencez l'empannage ! On fait demi-tour !

Il répéta les mêmes ordres au second bateau à travers le système de signes qu'il leur avait enseigné.

Dire que les Vikings étaient choqués aurait été un euphémisme. Plutôt que d'exécuter les ordres, les guerriers agacés se mirent à crier :

– On y est presque !

– T'es fou ?

– On ne peut pas faire demi-tour !

– Les Vikings ne sont pas des lâches !

– T'as peur ou quoi ?

– J'avais dit qu'il n'aurait pas le courage !

Cette dernière remarque venait évidemment de Kirk.

Les bras croisés sur sa poitrine, le garçon les dévisagea les sourcils froncés.

– Ici, c'est moi le Konungr, et je viens de donner un ordre… articula-t-il prêt à exploser.

Ses cheveux roux ébouriffés après le sommeil, Örjan se fraya un chemin vers son neveu. Il ne dit pas un mot, mais se plaça à côté de Hrafn, l'air résolu, rendant ainsi sa position extrêmement claire.

Hrafn se rendait bien compte du caractère urgent de la situation. Mais autour de lui, personne ne pensait à obéir. Frustré, il ne savait pas quoi faire face aux Vikings agacés et agités.

En attendant, les cris de mécontentement devenaient de plus en plus forts.

– Et nos guerriers dans la forteresse ? On ne peut pas les abandonner !

– C'est honteux de s'enfuir !

– Nous voulons combattre !

– Écoutez ! hurla Hrafn. Vous allez avoir votre combat avant que vous ne l'espériez !

Mais personne ne semblait l'écouter. La colère lui brûlait les entrailles. Le temps était compté et il n'arrivait pas à faire exécuter ses ordres ! Il savait depuis le début qu'il fallait s'y attendre, mais l'impuissance de sa position le rendait fou.

Soudain, Sveinn siffla, tout comme Hrafn l'avait fait juste avant. Tout le monde se tut et le dévisagea.

– Nous sommes en train de perdre notre temps à nous disputer, lança-t-il, contrarié, avant de se tourner vers Hrafn :

– Konungr, si tu veux qu'on te suive, tu dois tout nous expliquer. Nous sommes des humains et nous avons besoin de comprendre. Alors, dis-nous pourquoi tu veux faire demi-tour ?

Hrafn eut envie de pleurer. Sveinn avait raison, sa colère leur avait coûté du temps précieux ! Hrafn était tellement habitué à ce qu'Olaf lui fasse confiance et obéisse instantanément, qu'il ne lui était pas venu à l'esprit que les Vikings ne le feraient pas aveuglement. Bien sûr, il ne pouvait pas tout leur avouer. Il prit une profonde inspiration et dit :

– Les Étrangers s'apprêtent à attaquer notre ville.

Pendant quelques instants, tout le monde garda le silence, digérant l'information. Puis Kirk demanda, sceptique :

— Et comment tu le sais ?

Hrafn était prêt. Il s'attendait à cette question depuis son premier ordre. Il regarda Kirk dans les yeux et annonça :

— Un rêve prophétique…

Les hommes autour de lui secouaient la tête, incrédules. Les rêves prophétiques n'étaient pas méconnus — plusieurs sagas et légendes en parlaient, et beaucoup de gens croyaient en leur existence. Mais personne n'avait entendu parler d'une stratégie de guerre basée sur des rêves prophétiques.

Enfin, Knut rompit le silence :

— Mais comment peux-tu en être sûr ? Je veux dire… ça peut n'être qu'un cauchemar !

Le corps de Hrafn brûlait tout entier d'envie d'agir.

— J'en suis absolument sûr ! J'en ai déjà eus ! Je le jure par tous les dieux ! Tu peux me couper en morceaux si je me trompe ! Les Étrangers ont une journée entière d'avance sur nous !

— Et s'ils n'ont pas l'intention d'attaquer notre ville ? demanda Ottar.

Hrafn leva les yeux vers le ciel :

— Alors on en profite et on détruit leurs bateaux ! Allez, dépêchons-nous ! Il faut les arrêter avant qu'il ne soit trop tard !

Perplexes plutôt que convaincus, les Vikings commencèrent enfin à bouger.

– Nous avons laissé plein de guerriers en ville ! Ils ne peuvent pas la protéger ? marmonna Kirk tandis qu'il passait à côté.

Hrafn lui adressa un regard dédaigneux :

– Tu penses vraiment qu'ils sont assez nombreux pour faire face à sept bateaux étrangers pleins de guerriers ?

Kirk ne trouva pas d'objection à cet argument. Il fronça les sourcils et râla :

– Si seulement tous ces bobards étaient vrais…

Il ne finit pas sa phrase, mais c'était le cadet des soucis de Hrafn.

En attendant, Ottar nagea vers le second bateau pour expliquer la situation. Hrafn ne sut jamais quels furent ses arguments et leur réaction, mais Ari obéit, et c'était le plus important. Les deux bateaux tournèrent et se dirigèrent dans la direction opposée, leurs proues coupant le dos bleu des vagues.

Le vent resta fort toute la journée et leur avancement était régulier.

Le soir, alors que Hrafn et une partie des Vikings dînaient, un grand corbeau noir apparut dans le ciel noircissant. Il plana par-dessus le bateau et dessina de grands cercles avant d'atterrir sur le bras tendu de Hrafn.

Knut, qui était assis à côté, releva sa tête rousse et s'exclama :

— Un corbeau ! C'est un mauvais présage !

— Il est à moi, le rassura calmement Hrafn, son attention fixée sur l'oiseau. Il lui fit de la place sur le pont à côté de lui et y étala soigneusement son repas. Quand le corbeau finit de manger, Hrafn lui tendit sa tasse d'eau et l'oiseau but sous les regards étonnés des Vikings.

— Un peu trop d'attention pour un animal de compagnie, non ? demanda quelqu'un, mais Hrafn ne réagit pas. Peu importait sa grande envie de gagner le respect des Vikings, il ne leur avouerait jamais que c'était grâce à son corbeau qu'il était au courant des projets des Étrangers.

Ensuite, pendant que le corbeau se reposait, Hrafn sortit une large bride en cuir de l'une de ses bottes et grava dessus avec son couteau : « Attaque : 7 bateaux ». Il s'assura que l'inscription était bien visible et attacha soigneusement la bride à la patte de l'oiseau. Le corbeau attendit patiemment, sans bouger. Seuls ses yeux noirs brillants scrutaient le bateau et les gens autour de lui.

Quand il finit, Hrafn tendit le bras pour que le corbeau saute dessus et se leva doucement. Le corbeau s'envola et en quelques coups d'ailes puissantes se fondit dans le ciel étoilé. Le garçon le regarda jusqu'à ce qu'il disparaisse. La voix calme de Sveinn le tira de ses pensées :

— Bonne stratégie, Konungr. Tu peux vraiment faire livrer tes messages par un corbeau ?

Hrafn haussa les épaules :

– Je l'espère. Nous sommes en retard et je peux seulement essayer de les prévenir pour qu'ils puissent se préparer.

~~~

Ils naviguèrent la journée suivante et presque toute la nuit. À l'aube, ils arrivèrent enfin au fjord. Ils s'arrêtèrent derrière les rochers à l'entrée de la baie, où l'on ne pouvait pas les voir de la terre, et joignirent les proues des bateaux pour que Hrafn puisse rejoindre le bateau d'Ari et discuter rapidement.

Ils ne s'attardèrent pas trop. Ari alluma deux lampes à huile et en donna une à Hrafn. Puis le garçon revint sur son bateau.

– Enlevez la voile, ordonna-t-il. Les meilleurs archers, rassemblez-vous au milieu et allumez vos flèches. Tous les autres, prenez les rames, mais gardez vos armes à portée de main. On y va ; je vous expliquerai notre tactique en route…

Les rames frappèrent rythmiquement la surface de l'eau et le bateau de Hrafn entra dans la baie, suivi de près par celui d'Ari.
~~~

La bataille

Même si Hrafn avait dit aux Vikings ce qui se passait, ils n'arrivaient pas à y croire complètement, et certains, dont Kirk, en doutaient sérieusement. Mais la vue que la baie leur offrit les prit tous au dépourvu.

Sept des meilleurs bateaux étrangers s'avançaient sur la cité en grand « V ». Ils tiraient des flèches et des pierres simultanément, et il était difficile aux habitants de la ville de répondre à cette attaque. De là où ils étaient, les Vikings ne pouvaient pas voir ce qui se passait dans la ville et les cris de guerre des Étrangers résonnaient autour et couvraient tout autre son.

Hrafn était très anxieux avant sa première vraie bataille. Il avait l'estomac noué. Leur stratégie était pensée avec le plus grand soin, mais la différence en nombre entre eux et leurs ennemis était remarquable. L'ennemi avait l'air encore plus terrifiant vu de près. Tous les sens en alerte, Hrafn savait exactement ce qui se passait dans la ville grâce à son corbeau. Le fait d'observer la scène de deux angles complètement différents en même temps créait un désordre dans sa tête. Il s'efforçait donc de séparer les images, mais il était si tendu qu'il avait du mal à y arriver.

Le bateau de Hrafn se dirigeait rapidement vers le dernier bateau à gauche, tandis qu'Ari s'apprêtait à attaquer le dernier bateau à droite.

– Maintenant, dit Sveinn tout bas lorsqu'ils furent à proximité.

Les Vikings tirèrent simultanément. L'air siffla lorsque plus d'une centaine de flèches brûlantes s'élevèrent dans l'air, tel un essaim d'abeilles mortelles, et, portées par le vent, s'abattirent sur les bateaux étrangers.

Les Étrangers hurlèrent de douleur et de peur, remarquant enfin les Vikings derrière eux.

– Ne vous arrêtez pas ! Brûlez-les ! cria Hrafn, tirant une autre flèche brûlante.

Les rameurs arrêtèrent de souquer et se joignirent aux archers. Ils n'avaient pas besoin d'avancer davantage. Leur but était de faire sortir les bateaux étrangers du combat.

Le vent favorable était l'allié des Vikings – le feu se propageait. Mais ce n'était que le début. Les avant-derniers bateaux étrangers tournèrent rapidement et rentrèrent dans la bataille. Les flèches et les javelots tombèrent sur les bateaux vikings.

Les Vikings s'y attendaient – la moitié de l'équipage porta attention au nouvel ennemi, ripostant avec des flèches brûlées. Ils devaient aller vite. C'était leur seule chance de gagner. Ils tiraient les flèches aussi rapidement que possible et visaient les bateaux autant que les gens. Quand il n'y eut plus de flèches, les pierres et les javelots les remplacèrent.

Pour le moment, leur plan fonctionnait : deux derniers bateaux de la formation en « V » brûlaient déjà.

Le feu se répandait sur les avant-derniers bateaux aussi. Les Étrangers paniquaient et essayaient en vain d'éteindre les flammes. Même si par endroits ils y arrivaient, il était clair qu'avec un vent si fort, leurs efforts étaient tôt ou tard voués à l'échec. Cependant, ils continuaient à combattre, aussi les Vikings furent contraints de former un mur de boucliers pour se protéger.

Ce fut le corbeau qui les alerta – les bateaux étrangers à la tête de la formation changèrent leur tactique. Deux d'entre eux se dirigeaient discrètement vers le bateau d'Ari. Si le bateau brûlant que l'équipage d'Ari était en train de combattre tournait et se joignait à eux, le bateau d'Ari n'aurait aucune chance.

– *Ari ne le voit pas*, expliqua l'oiseau, *c'est un piège.*

Hrafn jeta un coup d'œil autour de lui, désemparé.

– Attention ! Sveinn le poussa juste avant qu'il ne reçoive en plein cœur un javelot mortel. L'arme frôla le bras du garçon et déchira sa manche.

L'esprit de Hrafn ne l'enregistra pas tout de suite.

– Ari a un problème, dit-il. Les Étrangers veulent le piéger entre deux bateaux.

Sveinn entendit. Se couvrant de son bouclier, il se leva et regarda autour.

Hrafn jeta une autre pierre.

– On peut les aider ? demanda-t-il.

Sveinn s'accroupit, arrêtant une flèche avec son bouclier.

– On peut essayer de passer au milieu. Avec un peu de chance, on pourra attirer le bateau qui brûle.

Hrafn regarda les deux bateaux étrangers qui bloquaient leur passage vers la ville.

– Ils m'ont l'air trop près.

Sveinn se dirigeait déjà vers le gouvernail.

– Ari ne pourra pas combattre trois bateaux en même temps. Il faut qu'on essaye.

Hrafn acquiesça :

– On le fait.

– Tout le monde aux rames ! Boucliers ! cria Sveinn.

Hrafn admirait son équipage – ils étaient rapides et leurs mouvements précis.

Les Étrangers comprirent instantanément que le bateau de Hrafn essayait de passer entre les avant-derniers bateaux du « V » en proie aux flammes. Courageux, ils saisirent l'opportunité. Ils arrêtèrent de lutter contre le feu et se mirent aux rames, déterminés à écraser le bateau de Hrafn coûte que coûte.

Hrafn laissa Sveinn au gouvernail et grimpa sur le mât. Il devait essayer de communiquer avec la ville. Se tenant avec les jambes, il leva les bras en l'air et fit d'abord un cercle puis un angle droit. Il répéta les signes trois fois, mais ne put voir si quelqu'un les avait remarqués, car les bateaux étrangers en feu qui s'approchaient des deux côtés détournèrent son attention.

Sveinn augmentait le rythme et les rameurs souquaient les rames de toutes les forces en propulsant le bateau vers l'ennemi.

Leurs bateaux en feu, les Étrangers ramaient énergiquement et se précipitaient sur les Vikings des deux côtés. Leurs bateaux étaient certes plus lourds et plus lents, mais ils déployaient tous les efforts. Ils étaient près, trop près.

Hrafn sentit tout son corps se raidir. Chaque coup de vent l'enveloppait de fumée et de cendres. De là où il était, il paraissait impossible de passer.

— Sveinn, tu es sûr ? appela-t-il.

— Fais-moi confiance, fut la réponse.

Pendant ce qui lui parut une éternité, ils continuèrent d'avancer à toute vitesse vers les Étrangers hurlants.

— *Nous sommes perdus !*

Cette pensée traversa l'esprit de Hrafn lorsque leur proue s'engouffra entre les deux bateaux étrangers.

— À trois montez les rames ! commanda Sveinn d'une voix ferme.

Les rameurs maintenaient leur rythme et ramaient de toutes leurs forces.

— Un… deux…

Hrafn se mordit le poing pour ne pas crier – l'un des deux bateaux ennemis était presque à leur bâbord[*] !

– Trois !

Toutes les rames montèrent vers le centre du bateau, comme des griffes qui rentrent soudain dans la patte d'un chat. L'espace entre eux et les Étrangers se libéra. Le bateau viking continua d'avancer tandis que Sveinn manœuvrait soigneusement le gouvernail.

Cette action inattendue surprit les Étrangers : plusieurs exclamations se détachèrent de leur cri de guerre unanime, mais ils ne s'arrêtèrent pas pour autant.

Devant eux, raides et silencieux, les Vikings se figèrent avec leurs rames, les yeux rivés sur les bateaux qui s'approchaient.

Dix pieds… sept… trois… la proue d'un bateau étranger était maintenant si près de leur poupe, qu'il aurait suffi à Sveinn de tendre les bras pour la toucher. Hrafn retint son souffle. Pourtant, Sveinn paraissait imperturbable.

Les rames se levèrent de nouveau en propulsant les Étrangers plus loin vers l'avant. Hrafn aurait volontiers crié, mais sa voix était enrouée.

La proue du bateau brûlant approchait vite et inévitablement, prête à leur rentrer dedans. Moins d'un bras ! Les Étrangers hurlèrent leur triomphe et Hrafn se

---

[*] Bâbord – le côté gauche d'un navire et, par extension, tout ce qui se trouve à gauche du navire lorsque l'on regarde vers l'avant.

prépara à mourir quand soudain, Sveinn tira sur le gouvernail. Leur bateau vira si brusquement vers la droite que Hrafn faillit tomber du mât.

Mais cela suffit. Ils évitèrent la collision d'à peine un pouce. De suite, Sveinn stabilisa le bateau et évita la collision de bord. À l'instant-même, les bateaux étrangers se heurtèrent juste derrière eux.

– Ramez ! hurla Sveinn.

Les Vikings réagirent de suite : les rames tombèrent dans l'eau et ils souquèrent.

Ils avaient réussi ! Enfin, Hrafn osa respirer et rejoignit les Vikings dans leur cri triomphant. Puis il descendit du mât et marcha vers Sveinn, les genoux tremblants.

– C'était excellent ! le félicita-t-il.

Sveinn sourit, satisfait :

– Merci… Quatre de moins, trois qui restent.

Leur manœuvre avait sauvé le bateau d'Ari – quand l'ennemi en feu s'était attaqué au bateau de Hrafn, Ari avait réussi à déjouer le piège. Au lieu de se retrouver coincé entre deux bateaux étrangers, il s'était faufilé entre la côte rocheuse et l'un de ses attaquants. L'abordage commença, mais le deuxième bateau ennemi ne pouvait plus attaquer en même temps.

Pendant ce temps-là, le troisième des bateaux étrangers restants s'approcha du bateau de Hrafn du côté bâbord. Les Vikings ne disposaient plus de flèches, seulement de quelques pierres.

— Préparez-vous pour l'abordage ! cria Hrafn et il sortit son épée.

Les crochets d'abordage s'élevèrent dans l'air et le craquement des rames brisées s'ajouta à la cacophonie des cris menaçants pendant que les bateaux s'approchaient l'un de l'autre.

— Je n'aime pas ça… marmonna Sveinn. Je n'aime pas ça du tout…

Hrafn voulut lui demander une explication, mais le combat commença et il n'en eut pas le temps.

— Restez sur le bateau ! hurla Sveinn. Laissez-les venir !

Trop tard : une douzaine de Vikings étaient déjà sur le bateau étranger, se battant avec acharnement au milieu des ennemis. Heureusement, les autres entendirent l'ordre et restèrent sur le bateau pour faire face aux guerriers arrivants.

Les Étrangers étaient manifestement plus nombreux. Ils avaient tous des heaumes métalliques et des épées, ce qui reflétait leur rang élevé dans l'armée de leur roi. Les Vikings étaient pour la plupart tête nue, vêtus de vestes épaisses en peau de renne et de boucliers en bois pour seule protection. Les épées étant chères, la plupart des guerriers combattaient avec des haches qu'ils maniaient avec dextérité. Mais ils combattaient tous pour leurs propres terres, pour leurs maisons et leurs proches, et ce fait en lui-même décuplait leur détermination.

Hrafn était toujours à côté du gouvernail. Il ne

pouvait pas encore rentrer au cœur de la bataille, alors il posa l'épée et utilisa le reste des pierres, visant avec soin. Quand il n'y eut plus de pierres, il prit l'épée, réfléchissant à la meilleure façon de rentrer dans la bataille. La voix de Sveinn attira son attention :

– C'est un piège. Cette fois-ci ils nous tiennent…

Hrafn regarda autour et comprit ce que Sveinn voulait dire. Ils se trouvaient au centre du groupement en « V », et maintenant, le bateau étranger qui n'avait pu attaquer Ari fonçait sur eux du côté tribord[*].

Un regard rapide sur le combat devant lui et Hrafn réalisa que bouger le bateau était impossible. Une panique aveuglante l'envahit et précipita son cerveau dans le brouillard. Ils allaient tous mourir ! La prophétie avait menti ; il était incapable de gagner la guerre ! Kirk avait raison – il était trop jeune et trop faible, ses connaissances médiocres ne lui permettaient pas de sauver sa propre ville et de défendre sa mère !

Il imagina vivement sa silhouette solitaire et malheureuse, accroupie sur une souche, le visage pâle éclairé par la lune. Puis il se souvint de son conseil de ne pas laisser la panique l'envahir.

Mais c'était plus facile à dire qu'à faire, la peur grandissait en lui, paralysant ses membres. Autour de lui, tout le monde combattait et cela le fit se sentir encore plus

---

[*] Tribord – le côté droit d'un navire et, par extension, tout ce qui se trouve à droite du navire lorsque l'on regarde vers l'avant.

impuissant et paniqué. Il devait se ressaisir. Maintenant !

Hrafn ferma les yeux et se focalisa sur la sensation de l'épée de son père dans sa main. Le pommeau métallique était froid contre sa peau. Il inspira et projeta ses pensées aussi loin qu'il put. Le croassement amical familier résonna en lui.

Il vit les bateaux d'en haut. Joints dans le combat, les deux navires ressemblaient à une fourmilière géante où les épées, les heaumes et les boucliers s'agitaient constamment, accompagnés de rugissements furieux, de grommellements et de cris de douleur.

Sur leur droite, un autre bateau étranger se préparait à l'abordage ; les guerriers tiraient sur les cordes de leurs crochets.

Plus loin, de l'autre côté de la baie, l'équipage d'Ari combattait les ennemis avec une énergie féroce.

Il y avait aussi du mouvement dans les docks. Un nouveau petit bateau levait rythmiquement ses avirons. Il se dirigeait vers eux, à leur secours. Olaf avait vu son signal !

Le cœur de Hrafn sauta joyeusement dans sa poitrine. Il ouvrit les yeux et cria :

– Revenez sur le bateau ! Revenez sur le bateau !

Ensuite, il se fraya un chemin entre les combattants vers un espace ouvert près du tribord.

C'était la première fois qu'il testait l'épée de son père dans un vrai combat. Il trouva que tuer les gens avec des flèches était plus facile : les gémissements, le sang et la vue terrible des membres coupés et déformés le rendaient malade. Mais il n'y avait pas de choix – tue ou soit tué, telle était la loi de la bataille. Le garçon faisait tout pour refouler ses sentiments. Il combattait et tuait des gens, la sueur dégoulinant sur son dos et son front. Il perdit la notion du temps – les guerriers continuaient de mourir autour de lui, le pont était jonché de cadavres et membres qui limitaient l'espace ; Hrafn commençait à fatiguer et ses bras étaient endoloris.

Il ne voyait plus Sveinn, mais Kirk apparut à ses côtés, puis Ottar. L'instant suivant, il était entouré d'Étrangers. Juste devant lui, un colosse au gros ventre transperça le cœur de Knut avec son épée. Impuissant, Hrafn vit Knut écarquiller les yeux de choc et d'étonnement. Ensuite son corps sans vie s'écroula sur le pont.

L'horreur et la douleur remplirent le cœur de Hrafn, une soif de vengeance violente l'engloutit. Rugissant de colère, il fonça sur l'Étranger le plus proche. Ce dernier recula et évita de peu la pointe de l'épée.

Soudain, le bateau tressaillit. Le guerrier fut projeté en avant et reçut l'épée de Hrafn dans le plexus. Hrafn perdit l'équilibre aussi et tomba en arrière, entraînant son adversaire dans sa chute. Le garçon se dégagea tout de suite, se mit debout et reprit son épée. Ce n'était pas facile, car le pommeau couvert de sang lui glissait des mains. Heureusement pour lui, le choc perturba tout le monde et personne ne l'attaqua avant qu'il ne soit prêt.

Hrafn comprit immédiatement ce qui se passait.

Les ennemis à leur tribord avaient de gros soucis qui détournèrent leur attention de son bateau : leur tribord était sévèrement cassé et l'eau commençait à remplir la cale. Leur attaqueur, un petit bateau viking muni d'un lourd éperon métallique pointu, se préparait déjà pour un nouvel affrontement. Les boucliers attachés à leur dos, les rameurs levèrent rythmiquement les douze paires de rames. Une poignée d'archers tiraient des flèches de la proue, sabotant ainsi tous les efforts de réparation.

— En avant ! cria Olaf qui était au gouvernail.

Son équipage souqua les rames et le bateau se rua vers l'ennemi.

Un nouveau choc, moins puissant que le précédent, mais néanmoins destructeur, secoua le vaisseau étranger et résonna à travers les bateaux adjacents. Les Étrangers hurlèrent de panique. La plupart d'entre eux se ruèrent vers le tribord et quelques Vikings s'arrêtèrent pour voir ce qui se passait.

— Ne vous arrêtez pas ! cria Hrafn. Profitez de leur panique !

Indifférent aux flèches et javelots qui le visaient sans pitié, le petit bateau se précipitait déjà vers l'avant pour un autre coup. Un autre choc, suivi d'un fort craquement de bois cassé. Le bateau étranger était en train de couler.

— Abandonnez le bateau ! Tout le monde à bâbord ! Tuez-les et arrivez jusqu'à… hurla le capitaine étranger. Une flèche provenant du petit bateau transperça sa gorge juste entre la ligne inférieure de son heaume et le col de sa maille avant qu'il ne puisse achever sa phrase. Mais la plupart des guerriers avaient entendu l'ordre et se jetèrent sur le bateau de Hrafn.

Les Vikings étaient prêts. Ils accueillirent la vague arrivante des assaillants avec épées et haches.

Les Étrangers étaient toujours trop nombreux. Ils se déversaient comme un torrent de printemps sur les Vikings qui se tenaient rassemblés au milieu du bateau, déterminés à tenir jusqu'au bout.

En attendant, Olaf changea de tactique. Abandonnant le bateau étranger coulant, il tourna son bateau et se dirigea vers le côté opposé de la bataille.

Les Étrangers ne remarquèrent pas sa manœuvre tout de suite, mais dès qu'ils comprirent, une pluie de flèches et javelots se déversa sur le petit bateau. Cependant, l'armée de la ville était prête : les archers s'accroupirent de suite derrière les boucliers, tandis que les rameurs s'activaient sans relâche, leurs boucliers dorsaux les protégeant de toute attaque frontale. Petit, mais robuste, le bateau avança tout en gagnant de la vitesse, l'éperon métallique prêt pour faire de nouvelles victimes.

Rien que l'apparition du petit bateau de l'autre côté changea le résultat de la bataille : les Étrangers qui se ruaient sans pitié sur le bateau de Hrafn des deux côtés changèrent de direction et se précipitèrent sur le seul bateau qui leur restait. Tout le monde savait que s'il coulait aussi, ils seraient tous perdus.

Quand l'éperon métallique d'Olaf se heurta contre

leur bord, quelques étrangers sautèrent sur le petit bateau. Les rameurs commencèrent de suite à ramer dans le sens opposé, aussi certains assaillants manquèrent la proue et tombèrent dans l'eau. Cependant, d'autres y parvinrent et attaquèrent les archers.

L'arrivée de nouveaux passagers déséquilibra le petit bateau dont la proue était déjà trop lourde à cause de l'éperon. L'avant du bateau s'enfonça dangereusement, menaçant d'immerger le pont.

— Reculez ! cria Olaf, et pendant que les guerriers s'exécutaient, deux archers bien placés tuèrent la plupart des envahisseurs. Les autres furent repoussés à coups de hache.

Le petit bateau eut de la chance — jusque-là, seuls deux guerriers étaient blessés et personne n'avait été tué. Mais Olaf savait que renouveler l'attaque signifierait probablement la mort pour eux. Leur premier coup ne fut pas assez fort — le bois craqua, mais ne se cassa pas, et Olaf se rendait bien compte de la différence numérique entre les Étrangers et l'armée de Hrafn. Il organisa les archers sur la poupe et laissa deux personnes sur la proue pour couvrir les rameurs pendant que le bateau s'éloignait du champ de bataille.

— Un peu plus loin ! hâta-t-il les rameurs. Il faut qu'ils coulent !

Enfin, la distance lui parut correcte.

— Stop ! cria-t-il et il ajusta le gouvernail.

Les rameurs obéirent de suite.

– Prêts ? Un... deux... trois !

Toutes les rames plongèrent simultanément dans l'eau. Profitant de la pause, les archers ajustèrent leurs arcs et placèrent les flèches supplémentaires entre les dents. Souquant les rames de toutes leurs forces, les Vikings précipitèrent leur petit bateau sur le bateau étranger quatre fois plus grand. Tout le monde gardait le silence, les sourcils froncés de concentration. Aucun d'entre eux n'avait peur de mourir, mais ils voulaient mourir avec dignité.

Le choc fut puissant. Le bord en bois du navire étranger émit un craquement de tonnerre lorsqu'il se brisa. Les trois bateaux tressaillirent violemment et ceux qui ne s'y étaient pas préparés furent projetés sur le pont ou par-dessus bord.

Olaf ordonna de reculer, mais une douzaine de guerriers étrangers étaient déjà sur leur proue et d'autres se précipitaient pour les rejoindre. Un guerrier et deux rameurs furent tués sur le coup. Leurs rames oubliées, les rameurs rentrèrent dans le combat, prêts à en découdre avec les nouveaux arrivés qui surgissaient de tous côtés. Olaf sortit son arc et se positionna légèrement au-dessus de la foule combattante.

– Tiens celle-là ! murmura-t-il en tirant une flèche mortelle et précise sur un Étranger qui grimpait.

Hrafn perdit la notion du temps et de la réalité. Il lui semblait que le chaos de la bataille ne cesserait jamais. Il était au sein de l'enfer, entouré de sifflements et de tintements d'armes, de la cacophonie des rugissements enragés et des cris de douleur, des corps qui se déplaçaient, des cadavres et du sang. Son corps entier le brûlait et ses pensées s'arrêtèrent, le laissant dans une sorte de transe où il esquivait et distribuait des coups autour de lui. Il se figea, étonné, quand, après avoir tué un guerrier, il se retrouva soudain près du bâbord. Devant lui, le bateau étranger coulait.

Des poignées d'hommes continuaient à combattre par ci et par là, mais les Étrangers paraissaient à présent beaucoup moins nombreux. Hrafn cligna des yeux, incrédule, et remarqua le bateau de son frère à proximité. Le petit bateau était rempli de combattants et les Étrangers continuaient d'arriver sur lui, grimpant de tous les côtés. Les sens stimulés, le garçon regarda autour de lui. Un poignard était fourré dans la planche voisine. Hrafn le saisit et posa son épée sur le pont. Ensuite, il sauta par-dessus bord sur le bateau qui coulait.

Sveinn vit Hrafn plonger.

– Kirk, Ottar, suivez-moi !

Hrafn nageait sous l'eau, le poignard à la main. Quand il aperçut le dos d'un Étranger qui nageait devant lui, les doutes et la peur s'emparèrent de lui à nouveau. C'était un homme, un être vivant tout comme lui, et enlever sa vie paraissait si cruel ! Mais ensuite, il pensa à son frère et à son équipage que cet Étranger s'apprêtait à massacrer sans pitié et tous ses doutes se dissipèrent. Il se propulsa en avant, leva le poignard et frappa l'homme dans le dos de toutes ses forces. L'eau devint rouge de sang. Hrafn retira le couteau et nagea vers un autre ennemi.

Mais celui-là le vit arriver. Ses yeux étincelant frénétiquement, l'homme sortit son long poignard de chasse, prêt à se défendre. Hrafn serra plus fort le pommeau de son poignard quand il fut attaqué par-derrière.

Le garçon eut de la chance : le coup se heurta à son fourreau vide et le propulsa brusquement vers l'avant. Hrafn avala une grande gorgée d'eau salée. En toussant, il vit le poignard de l'Étranger s'élever dans l'air, prêt à s'abattre sur lui. Cette fois-ci, il ne pouvait pas esquiver le coup.

Mais quelqu'un agrippa son épaule et le tira brusquement vers le côté. L'épée courte de son oncle bloqua le poignard de l'Étranger et l'envoya valser dans l'air. L'instant suivant, l'Étranger était mort.

Distraits par des cris fous, Örjan et Hrafn se retournèrent. Le grand corbeau noir s'attaquait avec rage au guerrier qui avait frappé Hrafn dans le dos. L'oiseau volait autour de sa tête, le pinçait et lui donnait des coups de bec. Hurlant de douleur, l'homme fit tomber son épée et agitait frénétiquement les bras pour chasser l'oiseau. Örjan acheva les souffrances de l'homme d'un seul coup d'épée et suivit Hrafn sur le bateau. Kirk et Sveinn s'y trouvaient déjà.

Le bateau était plein à craquer. Il n'y avait quasiment pas de place pour se battre. Il s'enfonça tellement que le pont était rempli d'eau.

Sveinn, Hrafn, Kirk et Örjan s'avancèrent de la proue vers le milieu du bateau.

Les Étrangers étaient cernés. Ils combattaient avec courage, mais peu à peu, les Vikings les tuèrent pratiquement tous. Les survivants sautèrent dans l'eau pour éviter les épées et les poignards.

Haletants, fatigués et couverts de sang, les quatre Vikings se trouvèrent enfin face au reste de l'équipage du petit bateau.

— Bien joué, frère, sourit Hrafn à Olaf.

Ce dernier s'essuya le front avec sa manche et lui retourna le sourire :

— Merci d'être venu.

Mais Hrafn n'écoutait plus. Son regard tomba sur les guerriers qui se tenaient à côté de son frère jumeau et il resta bouche bée :

— Maman ?!

À côté de lui, Kirk, Örjan et Sveinn écarquillèrent les yeux, tout aussi surpris.

— Idunn ?! dit Sveinn. Hrafn reconnut la jeune fille de la maison voisine avec qui Sveinn flirtait.

Les deux femmes se tenaient côte à côte avec des jeunes guerriers, vêtues de vestes en cuir et de chapeaux, leurs arcs à la main.

Olaf haussa les épaules face à leur réaction :

— Elles ont insisté pour venir et elles ont prouvé leurs compétences.

En voyant son fils couvert de sang, Turid oublia

son comportement de guerrier et se précipita vers lui, déterminée à examiner ses plaies de suite.

— Maman, je vais bien… murmura Hrafn, gêné.

En attendant, Sveinn s'approcha d'Idunn et la dévisagea avec curiosité.

— Alors, maintenant tu es une guerrière … sourit-il. J'aime ça.

La fille rougit, mais soutint son regard et répondit :

— Tu es peut-être le meilleur épéiste, mais je te battrai toujours en tir à l'arc.

— Konungr, l'appela soudain Kirk, utilisant ce titre pour la première fois en s'adressant à Hrafn.

Olaf et Hrafn se tournèrent ensemble pour le regarder.

Kirk se sentait manifestement mal à l'aise, mais après cette bataille, il ne pouvait plus nier les mérites du garçon.

— Est-ce qu'on embarque les prisonniers ?

Hrafn se tourna vers son frère :

— On peut en avoir besoin, non ?

— Oui, il y a beaucoup de réparations à faire.

Puis, se contorsionnant autant que la prise solide des mains de Turid le lui permettait, il se tourna vers Kirk :

— Oui, tous ceux qui sont intacts et tous ceux qui peuvent être soignés.

Kateryna Kei

La forteresse

Dix jours plus tard, les deux bateaux complètement réparés arrivèrent à la forteresse conquise. Située au milieu de la plaine brûlée par le soleil, couverte d'herbe jaune et de buissons secs éparpillés, cette dernière paraissait solitaire et abandonnée, comme une sorte de monastère.

Cette fois-ci, Olaf et tous les guerriers étaient à bord puisque leur allié Brant avait envoyé cinq douzaines de guerriers pour protéger la ville, et que Turid devait aider leur chef en cas de problèmes. Le corbeau apprit à Hrafn que l'armée étrangère était déjà aux murs de la forteresse.

Les Vikings s'attardèrent en mer et arrivèrent la nuit. Ainsi, ils parvinrent à la forteresse sans être vus par les Étrangers.

Ceux qui étaient restés dans la forteresse les informèrent que le siège durait déjà depuis deux jours, mais que pour une raison incompréhensible, les Étrangers n'avaient pas encore attaqué. Ils s'attendaient à l'attaque d'un moment à l'autre.

– Nous étions en train d'attendre le nouveau konungr pour qu'il décide quoi faire, expliqua Leif, le Viking en charge de la forteresse, jetant un coup d'œil dubitatif à Hrafn. Si cette armée est aussi grande qu'elle en a l'air, nous n'avons aucune chance de gagner.

Le conseil de guerre fut appelé immédiatement. Après de délibérations passionnées, ils décidèrent qu'ils n'avaient pas vraiment le choix : soit ils mourraient au combat ici, soit cette même armée les suivrait chez eux et les combattrait là-bas.

La première perspective paraissait plus prometteuse – du moins, ils combattraient loin de leurs maisons et donc écarteraient le danger de leurs familles. Et quand ils seraient morts, l'armée étrangère aurait sans doute essuyé des pertes, et la ville pourrait donc avoir des chances contre elle.

Leur décision prise, les Vikings construisirent plus de catapultes et fortifièrent les murs.

En attendant, Olaf et Hrafn fouillèrent la forteresse de haut en bas, cherchant quelque chose de stratégique en elle.

La construction était très simple : un bâtiment rectangulaire en pierre se dressait au centre d'une grande cour carrée, protégée par de hautes murailles en pierre avec des tours à chaque coin.

Le bâtiment central était construit au-dessus d'une petite cave naturelle abritant une source d'eau et des bassins naturels suffisamment grands pour pouvoir prendre un bain. Grâce à la source, l'eau des bassins se renouvelait constamment et s'évacuait à travers une série de petits passages souterrains naturels.

Le bâtiment comprenait une cuisine avec une cheminée, la chambre de toilette et six chambres à coucher à l'étage.

La cour était sèche et vide. Trois arbres solitaires poussaient dans le petit jardin qui jouxtait le bâtiment central. Les étables, le poulailler, la forge, les entrepôts et les autres bâtiments d'entretien longeaient les murailles.

– Il doit y avoir quelque chose de vital pour eux ici ! déclara Hrafn pour la mille et unième fois.

Olaf s'appuya sur la muraille en pierre :

– Nous avons fouillé chaque pierre et il n'y a rien !

– Évidemment que l'on n'a rien trouvé ! rétorqua Hrafn avec irritation. Ou alors, on a sous les yeux quelque chose, mais on n'y a pas prêté attention ! Pourquoi n'attaquent-ils pas sinon ?

Olaf s'approcha du bout de la muraille et cracha. Il regarda le crachat tomber le long de la muraille et s'étaler sur une pierre grise éclairée par le soleil. L'air était chaud et immobile, et de l'autre côté de la muraille, l'herbe était sèche et jaune.

– Regarde, Hrafn, il fait si chaud que le crachat s'est évaporé !

Oubliant la forteresse un instant, Hrafn regarda par-dessus le mur pendant que son frère réitérait l'expérience.

– Ha ! s'exclama-t-il et il cracha aussi.

– Non, le mien a duré plus longtemps ! affirma Olaf.

– Pas possible !

– Si !

– C'est de l'eau, c'est pareil !

– Non ! Je te dis, je l'ai vu !

– Menteur !

– Je ne mens pas !

– Si, tu mens ! Hrafn le poussa légèrement.

Olaf rit avant de proposer :

– On crache ensemble, d'accord ? Tu vas voir… tu vas voir !

Hrafn fronça les sourcils et se mit à côté de son frère. Ils visèrent.

Olaf compta jusqu'à trois, ses yeux brillants d'enthousiasme, et ils crachèrent sur la même pierre plate et grise. Deux points sombres y apparurent et les garçons se penchèrent aussi bas qu'ils pouvaient, observant avec attention lequel disparaîtrait le premier. Mais Olaf avait raison : le crachat de Hrafn commença à devenir de plus en plus petit et disparut, tandis que le sien était toujours clairement visible. Hrafn se sentit un peu déçu.

Olaf eut un rire triomphant.

– Alors, c'est qui le menteur ?

Hrafn se redressa avec l'intention de répondre. Mais une tache blanche à l'horizon attira son attention. Un drapeau blanc bougeait faiblement sous le vent chaud au-dessus du camp des Étrangers.

Le garçon cligna les yeux, incrédule.

Olaf remarqua le drapeau et en fut tout aussi surpris.

– Le drapeau blanc ? Ils veulent des pourparlers ?

Mais Hrafn descendait déjà en courant, deux marches à la fois.

– On accepte ! cria-t-il à Olaf.

Ari courrait vers lui :

– Tu as l'intention de parler ?

– Trouve quelque chose de blanc pour le drapeau ! Et appelle Sveinn aussi !

– Je suis ici, répondit Sveinn calmement, derrière lui, et il posa la main sur l'épaule du garçon. Honoré par ta confiance. Si tu veux mon conseil, ne réponds pas trop vite, ils pourraient penser qu'on a peur.

– Tu as raison, dit Hrafn. Olaf ! Descends ! Ottar, tu peux tenir la garde ?

Bientôt Olaf, Hrafn, Sveinn, Ari, Orm, Leif, Kirk et quelques autres Vikings étaient rassemblés dans la cour, à l'ombre du bâtiment central.

–... nous avons détruit sept bateaux à eux et la forteresse peut plus ou moins nous protéger, disait Olaf. Nous disposons par ailleurs d'assez de pierres pour détruire la moitié de leur armée.

– Ne les sous-estime pas, l'interrompit Hrafn. Ils sont dix fois plus nombreux que nous !

Ari intervint :

– Je suis déjà allé aux pourparlers avec Torgeir. Ils veulent probablement nous menacer avant d'attaquer.

Des chiens pourris ! La meilleure chose à faire est d'y aller et de les menacer en premier ! Il faut qu'ils comprennent que nous ne sommes pas des lâches ! Son poing serré tapa fortement contre sa paume et Hrafn grimaça, imaginant la douleur que ce coup devait infliger. Nous n'avons jamais fui la bataille !

— Non, jamais ! répéta après lui le chœur des voix remplies de colère.

— Nous allons nous battre encore, peu importe qu'on soit moins nombreux, je jure que j'emporterai ces chiens avec moi, autant que possible ! déclara Leif en tapant sa poitrine des deux poings.

Un hurlement d'approbation suivit ses paroles.

Hrafn était Viking lui aussi, il ne pouvait donc pas ne pas être d'accord avec eux. Pourtant, il n'était pas sûr que ce fût la meilleure façon de procéder.

— Il n'a jamais été question de prendre la fuite. Nous sommes ici et nous allons nous battre ici. Orm, Sveinn, qu'en pensez-vous ?

— Je pense qu'il vaut mieux éviter les menaces et essayer de négocier avec eux. Ils peuvent avoir une proposition intéressante à nous faire. Après tout, nous ne sommes pas obligés de leur répondre tout de suite, remarqua Orm.

— Une proposition ?! Ari roula les yeux. Ils étaient les premiers à attaquer nos terres ! Vous avez vu ce qu'ils ont fait : ils ont brûlé des villages entiers sans garder de prisonniers, ils ont tué tout le monde, même les enfants et les femmes ! Ils ont tout dévasté ! Tu crois vraiment que maintenant, ils vont avouer qu'ils en ont assez ? Qu'ils vont rentrer chez eux et nous laisser en paix ?! Je vous le dis, leur meilleure proposition ressemblera à « rendez-vous maintenant avant que nous arrachions vos cœurs pour les jeter à nos chiens » ! Le nom de leur roi signifie « loup » pour une bonne raison !

Tout le monde se tut autour de lui. Ils se rappelaient parfaitement ce qui les avait poussés à s'engager dans cette guerre, alors qu'ils étaient moins nombreux depuis le début.

Hrafn avait du mal à rester calme, pourtant, il fallait débattre de toutes les possibilités. Il se tourna vers Orm :

– Supposons que l'on accepte de parler. Ne vont-ils pas nous prendre pour des lâches si nous prenons le temps de réfléchir à leur proposition ?

Orm haussa les épaules :

– Des lâches ? Je ne pense pas. Ils peuvent penser que nous sommes stupides et longs à réagir, ce qui nous arrange. Mais ils sont plus malins que ça. Ils vont s'attendre à ce qu'on le fasse, et si ce n'est pas le cas, ça va juste semer la confusion.

– Eh bien, cela paraît logique, sourit Hrafn. Qu'est-ce que tu en penses, frère ?

Olaf hocha la tête.

Ari fronça les sourcils, s'apprêtant à intervenir, mais Hrafn se tourna vers Sveinn qui n'avait toujours pas dit un mot, et demanda :

– Et toi, Sveinn ?

– Je suis d'accord avec Orm, répondit Sveinn. Il me semble que nous n'avons pas beaucoup de choix. Si nous écoutons d'abord, nous allons peut-être découvrir quelque chose d'utile et ensuite trouver une réponse adaptée. Je ne dis pas que ce sera ainsi, mais je crois que ça vaut la peine d'essayer…

– N'importe quoi ! le coupa Ari. Ils vont seulement tuer notre messager ! Ce sera un sacrifice pour rien !

Sveinn ne fit que soupirer :

– Peut-être, mais nous ne pouvons en être certains. Il faut y aller pour le découvrir. Je suis partant pour prendre ce risque.

Ari fronça les sourcils encore plus et redressa ses épaules massives avec fierté, s'apprêtant à répondre à l'offense.

Mais Sveinn n'avait pas eu l'intention de le vexer. Il se dépêcha de rajouter, les mains levées devant lui en geste d'excuse :

– Écoute, je ne dis pas que tu as tort ! Peut-être que tu as complètement raison ! Mais je suis curieux, c'est dans ma nature.

Ensuite, il se tourna vers Hrafn pour terminer son explication :

– Je pense aussi que si tu le fais, il vaut mieux que tu y envoies un homme. Ne te vexe pas, Konungr, mais ils ne vous prendront pas au sérieux ton frère et toi.

Hrafn était loin de se vexer.

– En fait, je voudrais que tu y ailles toi, avoua-t-il. Tu sais te maîtriser et rester calme.

– Bonne idée ! approuva Orm. Si tu envoies Ari, il tuera leur messager avant même que le pauvre ne parle !

Ari croisa les bras sur sa poitrine, mécontent.

Sveinn hocha la tête :

– À tes ordres.

Hrafn était sûr d'avoir vu une nouvelle étincelle dans la profondeur sombre de ses yeux.

Les pourparlers

Le drapeau blanc fut levé et la porte latérale fut ouverte pour laisser Sveinn sortir à la rencontre du messager étranger. En dépit de la chaleur, Sveinn était vêtu de sa veste épaisse en cuir de renne et son épée pendait à son dos. Calme et détaché, il dirigea son cheval vers le messager.

Olaf, Hrafn et Orm, du haut de la muraille, regardaient les deux négociateurs s'arrêter à quelques pas l'un de l'autre. À l'étonnement de tout le monde, Sveinn salua l'Étranger avec respect et ce dernier le salua en retour.

– Ah Sveinn ! murmura Orm en souriant dans sa barbe grise. La classe !

Puis l'Étranger parla. Sveinn hocha la tête et répondit quelque chose. Ensuite, il tourna son cheval et se dirigea vers la forteresse. L'Étranger le regardait partir, les sourcils froncés, mais il resta là où il était, à côté du drapeau blanc enfoncé dans le sol sec.

Les Vikings se précipitèrent à la rencontre de Sveinn.

Quand la porte se ferma derrière lui, Sveinn se mit

à parler sans même descendre de son cheval :

— Leur roi veut nous dire ce qui suit : « Torgeir, mon armée compte dix fois plus d'hommes que cette forteresse peut contenir. Tu peux avoir détruit sept de mes bateaux, mais tu as perdu beaucoup de guerriers toi aussi. Je peux anéantir cette forteresse et vous tous rien qu'avec mes catapultes. Si tu es sage et si la vie de tes guerriers t'est chère, profite de ta dernière chance et va-t'en maintenant. Dans ma bonté infinie, je promets de vous laisser partir si vous disparaissez et laissez tout intact. Autrement, nous allons tous vous torturer avant de vous tuer. Vos bateaux deviendront mes trophées de guerre. »

— Ce chien ment ! grommela Ari en serrant les poings.

— Non, il ne ment pas, affirma Hrafn. Son armée est vraiment aussi grande qu'il ne le prétend.

— Comment le sais-tu ? Peut-être a-t-il juste placé deux lignes de guerriers bien étendues pour qu'on croie qu'ils sont très nombreux !

— Je le sais et j'en suis sûr ! Mais peu importe… Qui a des propositions d'action ?

— Dix fois ! Eh bien, nous n'avons pas d'arguments contre cela, réfléchit Kirk à haute voix. Nous acceptons leurs conditions et nous mourrons au combat.

— À quoi bon ? intervint Orm. Ils nous tueront et seront libres de garder les terres qu'ils nous ont volées et d'attaquer notre ville de nouveau. Seulement, cette fois-ci, il n'y aura que cinq douzaines de guerriers de Brant pour toute résistance. Et ils vont continuer et conquérir nos voisins, un par un, comme ils l'ont toujours voulu !

Tout le monde se tut. Puis Olaf déclara :

– Il croit toujours que papa est vivant…

Hrafn donna un coup de pied à une pierre à ses pieds et jura :

– Si seulement on connaissait le secret de cette maudite forteresse !

– Nous n'avons pas vraiment besoin de le connaître, dit Sveinn, ses yeux plissés rivés sur le garçon.

– Mais si ! rétorqua Hrafn. Ça aurait pu être un atout !

– Ça en est toujours un.

Hrafn le dévisagea.

– Tu veux dire… On triche ?

Sveinn hocha la tête et commença à énumérer sur les doigts :

– Premièrement, ils n'ont toujours pas attaqué, même s'ils peuvent gagner facilement. Deuxièmement, ils veulent que nous partions sans rien détruire, ce qui peut signifier seulement la forteresse. Et troisièmement, ils nous ont annoncé le nombre exact de leurs guerriers. Nos atouts me paraissent évidents.

Hrafn acquiesça, toujours ébahi :

– Nous allons juste faire semblant de le connaître…

Sveinn se redressa. Une étincelle enthousiaste brillait dans ses yeux sombres aux longs cils.

– Qu'avons-nous à perdre de toute façon ? Laisse-moi aller leur parler !

Hrafn jeta un coup d'œil rapide aux autres, mais personne n'émit d'objection.

— Vas-y, dit-il. Je peux difficilement trouver quelqu'un qui parle aussi bien que toi.

— S'ils me tuent, attaque, conseilla Sveinn et il tourna son cheval.

— D'accord. Attends que tout le monde soit en place.

~~~

Sveinn revint vers le messager du roi.

Ce dernier perdait manifestement la patience sous la chaleur de ce début d'après-midi, tandis que Sveinn conservait son air calme et impassible. Il arrêta son cheval à quelques pas de l'Étranger, le remercia poliment d'avoir attendu et annonça simplement :

— Voilà ce que mon Roi dit à ton Roi : « Roi étranger, comment oses-tu me parler de sagesse quand toi-même, tu es tellement stupide que tu sous-estimes ton ennemi ? Ta fanfaronnade au sujet de ton armée est tellement enfantine et pathétique que nous ne comprenons pas comment tu as obtenu la réputation d'un brave guerrier. Même nos enfants se moquent de toi ! Mais puisque tu m'as donné l'avantage de connaître tes ressources, je resterai honnête et j'en ferai de même : sache, Ulfrich, que l'armée dont je dispose ici est quatre fois inférieure à la tienne, mais c'est plus que suffisant pour faire ce qu'il faut et vous détruire tous, car nous avons la magie et
~~~

nous savons pourquoi la forteresse que nous détenons compte autant pour vous. »

Sveinn prononça ces mots profondément offensifs sur un ton ferme et régulier, et en observa l'effet avec une satisfaction dissimulée. Ça marchait comme il l'avait prévu : le messager rougit de rage et serra les poings, mais dès qu'il entendit parler de la forteresse, son visage devint blême. Sveinn l'interpréta comme un signe très favorable.

L'Étranger ne répondit pas. Il tourna son cheval et galopa vers son camp.

Sveinn resta seul près du drapeau. Il attendait, en s'efforçant de garder son air détendu. Le soleil brûlait sans pitié et chauffait sa veste épaisse, et l'air immobile rendait la chaleur encore plus insupportable. Sveinn était un excellent guerrier. Droit et fier, il restait immobile sur son cheval, pendant que le sens du danger avec lequel il jouait lui chatouillait les nerfs. C'était ce qu'il aimait — marcher sur le bord même de l'abîme, et risquer le tout pour le tout.

Enfin le messager réapparut. Il était si raide et si furieux que son cheval se tortillait sous lui. Il s'écria :

— Torgeir, si ta force est à la mesure de l'intelligence dont tu te prévaux, et si tu en as le courage et l'audace, rencontre-moi dans un duel honnête à l'épée. Pas d'aide, pas de magie, juste toi et moi, roi contre roi !

Sveinn resta implacable, dissimulant sa surprise. Soit l'Étranger était au courant que l'épée n'était pas l'arme préférée de Torgeir, soit il était tout simplement un excellent épéiste. Quoi qu'il en soit, son intuition lui soufflait que tout n'était pas clair dans cette proposition.

Il hocha la tête pour signifier à son interlocuteur qu'il avait compris et tourna son cheval vers la forteresse.

— Il veut un duel ! Olaf eut le souffle coupé. Eh bien, ça peut être une solution parfaite !

— Tout à fait, acquiesça Sveinn. Il faut seulement éliminer toutes les possibilités de triche.

— Mais on peut le faire, n'est-ce pas ? répondit Hrafn. Nous acceptons le duel s'il jure devant tout le monde sur sa déesse de la Terre que ce duel décidera du résultat de la guerre. Ils sont superstitieux et leurs dieux comptent beaucoup pour eux.

— Tu veux dire… commença Jari.

— S'il perd, expliqua le garçon, ses yeux verts émeraude brillants de détermination, ils nous rendront nos terres et ils jureront ne plus nous attaquer, et s'il gagne… nous nous battrons jusqu'au dernier souffle. De toute façon, ils ne nous laisseront jamais partir. Je crois que c'est notre seule chance.

Tout le monde le dévisagea, trop ébahis pour parler.

Ari secoua la tête :

— Personne ne te garantira la paix éternelle. Leur roi a de la famille qui vengera sa mort, sans parler des raisons qui les ont poussés à conquérir nos terres.

— Bon, dans ce cas, nous allons demander dix hivers, proposa Olaf. En dix hivers, nous pouvons augmenter notre flotte et notre armée, ainsi que trouver de nouveaux alliés.

— Ça, c'est déjà plus réaliste, commenta Leif. Mais ils peuvent faire la même chose.

— L'enjeu est trop important, dit Orm. Il va certainement nous faire jurer que nous allons nous rendre sans combat s'il gagne…

Hrafn haussa les épaules :

— S'ils nous attaquent et nous tuent, ils gouverneront notre peuple de toute façon. Mais moins de gens mourront si l'on réduit la guerre à un duel.

Ari écarquilla les yeux. Maintenant, il avait la confirmation que le garçon venait de perdre la tête :

— Je préfère mourir en combat que me rendre et vivre pour les regarder prendre possession de ma terre ! s'exclama-t-il avec colère.

— Est-ce que tu vois une autre solution ? demanda Olaf.

Ari voulut riposter, mais il n'avait pas de solution à proposer, alors il poussa un soupir furieux et ferma sa bouche, les bras croisés sur sa poitrine.

Enfin, Sveinn revint vers le messager.

— Mon Roi dit qu'il accepte le duel honnête à l'épée entre eux deux, sans magie ni aide, mais ce duel doit déterminer le résultat de la guerre – si mon Roi gagne, vous nous rendrez nos terres et vous jurerez par votre déesse suprême que votre peuple ne nous attaquera pas pendant les dix prochaines années.

L'Étranger avait l'air surpris et Sveinn ne put déterminer si c'était parce que leur demande était trop audacieuse, ou pour une autre raison. Il fit tourner brusquement son cheval et galopa vers son camp.

Son expression toujours implacable, Sveinn se préparait à mourir. Les messagers étaient habituellement les premiers à subir le mécontentement des gouvernants. Il se remémorait sa vie, avec toutes les bonnes et mauvaises choses, sa ville natale, la charmante Idunn avec qui il n'avait pas eu le temps de flirter véritablement… Il n'avait pas peur de mourir, mais l'attente lui tapait sur les nerfs.

Quand le messager réapparut, Sveinn était prêt à attraper son épée.

Un sourire moqueur tordait les lèvres de l'Étranger :

— Dis à ton roi que mon Roi est d'accord. Mais s'il gagne, vous vous rendrez tous et il régnera sur vous et vos terres ! Il vient ici, au drapeau. Soyez prêts !

Sveinn acquiesça et galopa vers la forteresse, s'attendant à ce qu'une flèche ou un javelot le frappe au dos. Mais il arriva jusqu'à la forteresse sain et sauf et se dépêcha d'annoncer la nouvelle.

— Je vous avais prévenus que les pourparlers étaient une mauvaise idée ! se plaignit Ari. Ils veulent qu'on se rende ! La honte ! Laisser prendre nos terres sans nous battre !

— Ça vaut toujours la peine d'essayer, riposta Orm. On peut encore gagner !

— Si nous formulons bien le serment, nous allons pouvoir omettre la partie sur l'absence de résistance, proposa Leif. Alors, nous risquerons un guerrier seulement.

Hrafn ne l'écoutait qu'à moitié. Il enleva son fourreau et enfila sa veste en peau de renne par-dessus sa chemise. Puis il ramassa et vérifia son bouclier et son épée. Le plan tournait déjà dans son esprit, et il le laissait se former et se peaufiner.

Le voyant faire, Ari écarquilla les yeux :

— Konungr, qu'est-ce que tu fais ? Tu ne penses quand même pas te battre avec lui ? Ils ne savent pas que Torgeir est mort ! On peut envoyer quelqu'un qui ressemble à ton père !

Cette fois-ci, Hrafn se sentit vexé :

— Je suis le Konungr et j'ai donné ma parole !

— Mais il est plus âgé et plus fort ! continua Ari, manifestement inquiet.

Hrafn leva les yeux vers le ciel :

— Je sais !

— Et comment ça ? intervint Kirk, tout sarcasme. Encore un rêve prophétique ?

— Du haut de la muraille ! Comme Ottar !

— Tu ne peux pas te rendre à ce duel ! s'exclama Ari, exaspéré.

Hrafn plissa les yeux :

— Pourquoi pas ? Je suis trop petit et trop faible ? Mais tant mieux – si je me fais tuer, tous les bons guerriers resteront indemnes ! De toute façon, ici, personne n'est ravi que ce soit moi le nouveau konungr !

Tout le monde le dévisageait en silence. Ils ne pouvaient pas nier ses paroles.

— Nous n'avons pas de temps pour les disputes ! soupira Orm. Il nous faut un plan. Maintenant.

— J'en ai un. Toujours en colère, Hrafn laça sa veste et les regarda. Nous savons pertinemment que les Étrangers sont très superstitieux et ont peur de la magie. Nous savons aussi que leur déesse principale est la déesse de la Terre. Il nous faut gagner ce combat par n'importe quel moyen. Alors, voici ce que je pense faire…

Loup contre Corbeau

Les Vikings quittèrent la forteresse en groupe. Ari, Orm, Sveinn, Kirk et Leif chevauchaient devant.

— Il faut qu'il jure le premier, avant de découvrir que c'est moi le konungr ! insista Hrafn.

Derrière eux, la forteresse était plongée dans le silence. Les Vikings qui y restaient se tenaient à côté des catapultes. Ottar était sur la muraille et observait le petit groupe de cavaliers. Ils étaient prêts à attaquer au moindre signe de malhonnêteté des Étrangers.

Les cavaliers s'arrêtèrent devant l'armée étrangère et Orm appela :

— Dites vos serments, Roi étranger et tes successeurs possibles !

Le roi se redressa fièrement. Il était énorme, même pour les Vikings. Ses muscles étaient anormalement gonflés et lui donnaient l'air d'un troll. Il portait un haubert de maille et ses longs cheveux bruns étaient noués en fine queue de cheval sous les plaques métalliques de son heaume. Même son cheval était plus grand et plus large que tous les autres, apparemment un animal rare qui venait de loin.

Avec un sourire dédaigneux, l'Étranger parla. Hrafn comprit presque tout ce qu'il disait, car il avait passé beaucoup de temps à apprendre la langue de ses prisonniers. Ulfrich annonça ses titres et jura au nom de sa déesse suprême, la déesse de la Terre, qu'ils allaient se battre l'un contre l'autre sans aide ni magie, et que s'il perdait, il rendrait les terres qu'il avait conquises aux Vikings et ne les attaquerait pas pendant dix ans à partir de ce jour.

Deux autres guerriers forts et fiers répétèrent la même chose après leur roi.

C'était le tour de Hrafn.

Essayant de retenir leurs formulations, Hrafn précipita son cheval vers l'avant et s'arrêta devant ses hommes.

– Je suis Konungr Hrafn, fils de Torgeir le Brave, annonça-t-il. J'accepte tes conditions et je jure au nom d'Odin, mon Dieu suprême…

Le fou rire d'au moins une centaine de guerriers engloutit le son de sa voix. Les soldats d'Ulfrich se remettaient vite de leur surprise et se pliaient en deux. Ils pointaient le garçon du doigt et leurs rires faisaient trembler l'air.

Mais Hrafn s'efforça de continuer, comme s'il ne l'avait pas remarqué :

–…que si je perds, mon peuple et mes terres vont…

Le rire devint encore plus fort, et Hrafn s'arrêta, sans dire le reste. Ça n'aurait pas pu être pire si quelqu'un avait craché sur lui. Il l'endura, son visage tout rouge. Il luttait de toutes ses forces pour garder une expression neutre et attendait qu'ils se calment.

Enfin, Ulfrich s'essuya les larmes de rire et articula :

— Tu as l'intention de te battre avec moi, enfant ? Rentre chez ta maman et essuie le lait de tes lèvres !

Un autre éclat de rire secoua les Étrangers.

Hrafn serra les poings si fort que les os de ses mains devinrent blancs.

— Tu devrais avoir honte, Étranger ! cria-t-il. C'est moi qui ai détruit ta flotte puissante ! Moi, un enfant ! Tu veux voir tes marins parmi mes esclaves ? Ce sont eux qui m'ont appris ta langue !

Le rire d'Ulfrich s'arrêta net. Il dévisagea Hrafn, puis leva son menton avec fierté :

— Trouve quelqu'un de plus digne, dit-il avec dédain. Je ne vais pas me battre contre un enfant !

Hrafn prit une profonde inspiration. Maintenant c'était tout ou rien. Il ne pouvait plus revenir en arrière.

— Tu as peur que je gagne ? Tu as attendu plusieurs jours n'osant pas attaquer la forteresse avec seulement une trentaine de personnes à l'intérieur, et maintenant, tu essayes d'éviter un duel avec un garçon ! N'es-tu pas un lâche après ça ?

Cette fois-ci, le visage d'Ulfrich devint rouge de colère. Personne ne riait à présent.

Le garçon sentit l'inquiétude de ses hommes et leurs regards rivés sur lui.

– D'accord, enfant… fit l'Étranger. Je vais me battre contre toi, comme j'ai juré. Quand je gagnerai, je découperai ton corps en morceaux et je les jetterai à mes chiens. Ensuite, je ferai une grande fête et je brûlerai tous tes guerriers vivants ! Prépare-toi !

Ulfrich descendit du cheval et le laissa avec ses guerriers. Puis, il prit son bouclier et sortit son épée du fourreau. Il marcha jusqu'à la petite parcelle de terre nue entourée de buissons secs où le duel allait avoir lieu. Ce terrain était à une certaine distance des deux armées pour garantir que le duel soit vraiment conforme.

Pendant ce temps-là, Hrafn faisait la même chose.

– Tu sais ce qu'il faut faire, jeta-t-il à Olaf. Juste fais en sorte qu'on ne te voit pas.

Olaf acquiesça. Il était complètement caché sous un déguisement élaboré de chiffons et entouré de tous les côtés par les grands guerriers. Il ne pouvait pas parler – un rideau épais de larmes lui brouillait la vue, et sa voix l'aurait sûrement trahi.

Hrafn détourna le regard précipitamment. Il avait envie de pleurer lui aussi.

Sveinn le saisit par le bras. Son visage était plus pâle que d'habitude.

– Konungr, mon épée est plus légère. Prends-la, si tu veux !

Hrafn secoua la tête :

— Non, merci. Je n'y suis pas habitué.

L'épée de son père à la main, il marcha jusqu'au terrain de duel.

— Reste calme et économise tes forces ! lui conseilla Sveinn, et Hrafn s'accrocha désespérément à ces paroles.

Dire qu'il avait peur aurait été un euphémisme. Il regrettait son marché imprudent, mais il était trop tard pour faire demi-tour. L'accord était scellé. Il aurait souhaité avoir eu plus de cours avec Sveinn, ou avoir été plus âgé, ou que l'enjeu soit moins important.

— *Reste calme et économise tes forces !* répéta-t-il dans sa tête. Il allait faire de son mieux. Le plan était très simple, après tout. Il était en grande partie inspiré par la prophétie du jeteur de runes. Le rôle de Hrafn était de combattre pour donner à tout le monde le temps de se mettre en position, ensuite de mourir au combat, comme un héros. Olaf endossait ensuite le rôle le plus dangereux – jouer la résurrection de Hrafn et tuer Ulfrich quand ce dernier ne s'y attendrait pas. Deux jeunes Vikings, Vali et Helgi, feraient disparaître le corps de Hrafn par tous les moyens aussi vite que possible. Deux scénarios seraient alors envisageables : les Étrangers honoreraient leur serment ou les Vikings combattraient, car aucun serment ne les liait.

Haut au-dessus de lui, son corbeau poussa un croassement triste et déchirant – il savait ce qui devait se produire. Hrafn ne leva pas la tête. Le corbeau avait une tâche spéciale lui-aussi – il devait l'informer quand tout le monde serait en place. Hrafn avait la sienne. Sa mort se tenait à ses côtés. Il devait la forcer à patienter un peu. Un tout petit peu, ensuite sa mission serait accomplie et il sortirait du jeu à tout jamais. Il avait été nommé konungr pour gagner la guerre, il devait s'y atteler par tous les moyens possibles. Bon, ce ne serait pas exactement lui qui gagnerait, mais cela n'avait désormais plus trop d'importance.

La fin était si proche que Hrafn ne pouvait plus dire s'il voulait que cela finisse plus vite ou que cela dure, juste pour vivre un peu plus longtemps, pour voler quelques battements de cœur à la mort.

Il n'avait jamais été aussi conscient de tout ce qui l'entourait – la chaleur, l'air, le soleil brûlant, la terre sèche et l'herbe jaune, les regards des gens rivés sur lui, son corbeau qui volait quelque part au-dessus d'eux… Hrafn s'apprêtait à quitter tout cela et il était terrifié.

Forçant ses pieds lourds à bouger, il essaya de se focaliser sur Ulfrich. C'était crucial pour le succès de leur plan fou.

Il s'arrêta devant Ulfrich qui ajustait son long bouclier, un sourire railleur aux lèvres. Hrafn atteignait à peine sa poitrine !

– Tu as embrassé tout le monde ? Tu as fait tes adieux ? le taquina Ulfrich.

Puis, il ajouta :

– Écoutez tous ! Nous ne sommes pas des lâches. Nous allons honorer notre serment, même si le fou bébé-roi Viking nous a tellement facilité la tâche. Qu'il en soit ainsi, laissons-le jouer avant de mourir !

— Oui ! lui répondirent en chœur plusieurs voix.

Hrafn déglutit et ajouta d'une voix enrouée :

— Si je te tue, ce sera mon plaisir de monter ton cheval. C'est un bel animal.

Ulfrich leva son épée, indiquant le début du duel.

Sa première attaque fut brutale et forte, manifestement destinée à tuer un adversaire faible et peu habile. Hrafn l'esquiva facilement et attaqua en retour, visant les jambes d'Ulfrich.

Il ne fit que couper les lacets de sa botte gauche, sans même lui laisser une égratignure, ce qui provoqua une crise de fou rire dans la foule.

Cependant, le mouvement libéra Hrafn de sa peur et lui permit enfin de se concentrer.

Ulfrich essaya d'autres coups simples, mais petit et léger, le garçon les esquiva aisément. À bout de patience, le géant changea de tactique et passa aux coups plus élaborés.

Ulfrich était un excellent épéiste. Ses attaques étaient rapides et habiles, ses coups étaient forts. Sa grande taille lui permettait par ailleurs de couvrir beaucoup d'espace d'un coup, ce qui désavantageait considérablement les adversaires plus petits.

Le pauvre Hrafn fut obligé de sauter et de tordre son corps dans tous les sens pour éviter l'épée adverse. L'attaque n'était plus de mise, sa survie ne dépendait que de la défense. Même le bruit de la foule lui semblait maintenant venir de très loin.

Un coup à droite. Hrafn para avec son bouclier. Sauter. Se pencher. Bloquer. Un autre coup. Tourner. Sauter encore. Une fausse botte ! Hrafn esquiva au dernier moment. L'épée d'Ulfrich siffla tout près de sa tempe, frôlant sa peau. Le mouvement lui fit perdre l'équilibre et il tomba sur un genou. L'épée d'Ulfrich étincela au soleil, se précipitant vers sa tête. Le garçon se couvrit instinctivement de son bouclier.

Le coup vint comme un éclat de tonnerre et enfonça le genou du garçon dans le sol. Son bouclier en bois se cassa en deux et l'épée du roi marqua son épaule gauche d'une entaille profonde. Grimaçant de douleur, le garçon balança son épée aveuglément et fut étonné d'entendre le grognement d'Ulfrich.

Hrafn tomba à terre et roula hors de portée d'Ulfrich, avant de se remettre debout. Il avait blessé l'Étranger au genou.

Un coup d'œil rapide à travers les yeux de son corbeau lui indiqua qu'Olaf était encore à dix pieds des buissons. Hrafn rejeta le morceau inutile de son bouclier et esquiva un autre coup enragé. Cette fois-ci, le roi était vraiment en colère.

Ils continuèrent à se battre : Hrafn esquivait et Ulfrich attaquait. Le soleil brûlait impitoyablement la plaine, faisant suer les combattants. Le public des deux côtés s'impatientait de plus en plus. Les Étrangers incitaient leur roi à tuer le garçon plus vite. Quant aux Vikings, ils restaient silencieux. Ils suivaient chaque mouvement de Hrafn avec une telle intensité qu'ils en oubliaient de respirer.

L'épaule blessée lui faisait très mal et entravait ses mouvements. Le bras entier devint mou et des vagues de fatigue le submergeaient. Sa chemise s'imprégnait de sang, mais ça en était de même pour le pantalon d'Ulfrich. Les pas de l'Étranger devinrent irréguliers, mais il combattait toujours remarquablement et Hrafn avait de plus en plus de mal à éviter son épée, surtout qu'aucun bouclier ne le protégeait désormais. Le temps commençait à ralentir et ses membres s'engourdissaient. La chaleur l'empêchait de respirer. Il savait que très peu le séparait désormais de la mort et il était étonné de se trouver encore debout. Il sentit qu'il ne durerait plus trop longtemps, aussi il priait pour qu'Olaf, Vali et Helgi bougent plus vite.

Puis, la voix de Sveinn le tira de la brume qui couvrait son esprit :

— Attaque ! Hrafn, attaque !

Aussi bien que mal, il rassembla ses pensées et fit une fausse botte.

Le roi fit un pas à gauche, laissant de fait son côté droit sans protection. Hrafn plongea sous le bras d'Ulfrich et pivota sur lui-même. Il frappa le roi de toutes ses forces dans le côté droit.

Sa lame se heurta contre le haubert en fine maille

d'Ulfrich et le choc de l'impact paralysa son bras entier. Le rugissement furieux du roi s'étouffa, le coup de Hrafn lui coupant momentanément le souffle. Ulfrich se retourna. Son épée cogna l'épée de Hrafn près du pommeau et l'arracha de ses mains. Les yeux grands ouverts, le garçon vit son épée tournoyer dans l'air, étincelant au soleil, et tomber dans l'herbe quelque part derrière Ulfrich.

Anticipant ce qui allait arriver, Hrafn tomba en arrière juste à temps pour éviter la lame qui revenait, et roula précipitamment dans l'herbe.

Quand il se releva, il sentit sa tête tourner et oscilla sur ses jambes.

– *Combien de temps tiendrai-je encore ?* pensa-t-il, paniqué.

Ulfrich remarqua sa faiblesse. Son épée toucha le dos du garçon, mais sa veste épaisse le sauva. Hrafn sauta en arrière pour éviter un autre coup. Ses jambes tremblaient.

Enfin, le croassement si attendu résonna au-dessus de la plaine. Tout le monde était en place. Il était libre de mourir. Plus près de sa mort que jamais auparavant, Hrafn se souvint soudain de ce qu'on lui avait dit un jour : il ne serait jamais accepté à Valhalla s'il mourait sans son épée !

Luttant contre une nouvelle vague de vertige, il décida d'arriver jusqu'à son épée coûte que coûte. Il esquiva le prochain coup par pure chance et se propulsa en avant, passant entre les jambes puissantes de l'Étranger.

Mais son pied s'accrocha à des racines sèches et Hrafn

tomba à plat ventre sur le sol dur et déshydraté. L'herbe lui piqua douloureusement le visage et le cou et il gémit lorsque ses doigts heurtèrent la lame de son épée.

Cette fois-ci, c'était vraiment la fin. Tous les deux, Hrafn et Ulfrich le sentirent.

Ulfrich pivota sur lui-même, rugissant de triomphe. Son épée scintilla au soleil, levée pour le coup final. Il leva sa bonne jambe pour faire un pas vers sa victime sans remarquer qu'il marchait sur ses lacets coupés. L'instant suivant, il tombait sur le garçon prosterné à ses pieds, son cri de triomphe retentissant alentour.

Hrafn réalisa alors qu'il ne voulait pas mourir. Peu importe ce que les gens disaient, il aimait beaucoup la vie. À ce moment exact, à peine un instant avant une mort inévitable, Hrafn le comprit. C'était plus une impulsion, un instinct primitif, qu'une action consciente, mais il ne put y résister. Il roula sur le dos et souleva son épée devant lui, parallèle au sol. Il ferma les yeux et brandit son épée vers l'avant à l'aide de ses deux mains lorsque le corps lourd d'Ulfrich s'écroula sur lui et l'enterra dessous.

La douleur fut si intense qu'il vit les étoiles. Ulfrich l'écrasa sous son poids, le choc lui coupa le souffle. La dernière chose que Hrafn sentit fut le heaume métallique d'Ulfrich qui lui lacéra douloureusement le visage. Ensuite, l'obscurité se referma sur lui.

Kateryna Kei

Le secret de la forteresse

Le sang. Le sang était partout. Hrafn le sentit dégouliner sur son visage et sur ses lèvres. Il sentit son goût métallique et écœurant sur sa langue. Son odeur lui remplissait les narines et donner un haut-le-cœur.

Il ne pouvait pas respirer. Tout son corps se tordait de douleur atroce. Alors, c'était ça la mort ? N'était-elle pas censée être paisible et sans peine ?

Ses bras endoloris tremblaient, toujours agrippés à la lame de son épée. Hrafn relâcha lentement son bras droit, s'essuya les yeux avec sa manche et les cligna. Le monde se dessina progressivement autour de lui. Il lui fallut un moment pour comprendre ce qui s'était passé. Quand il y parvint enfin, il faillit vomir. Il se contorsionna, ignorant la douleur, pour se libérer.

Le corps lourd d'Ulfrich l'écrasait, le pressant au sol. Le sang jaillissait de son cou massif où l'épée de Hrafn était toujours profondément enfoncée.

Gémissant de douleur et luttant contre l'insupportable envie de vomir, le garçon s'efforça de s'extirper du poids de muscles et de métal inerte. Il avait désespérément besoin d'air frais.

La tâche s'avéra très ardue. Lorsqu'il pensa être sur le point de rendre l'âme, sous le cadavre de l'ennemi, il parvint enfin à libérer sa poitrine.

Ses poumons se remplirent d'air et il se laissa choir dans l'herbe, savourant la sensation de vivre à nouveau. Il attendit, impuissant, que les taches noires qui lui brouillaient la vue aient disparu. C'était si bon de rester couché là sans bouger et de respirer à pleine poitrine qu'il serait volontiers resté ainsi, mais le chuchotement inquiet d'Olaf le ramena à la réalité :

— Hrafn !... Hrafn ! Tu es vivant ?

Les pensées tourbillonnèrent dans son cerveau épuisé et il répondit :

— J'ai l'impression…

Son corbeau croassa impatiemment quelque part au-dessus de sa tête, l'incitant à se lever, comme un konungr devait le faire. La guerre n'était pas encore terminée et tout le monde l'attendait.

— Éloignez-vous de là. Il ne faut surtout pas que l'on vous voie, chuchota-t-il à Olaf, Vali et Helgi.

Personne n'ayant pensé que cela pourrait se passer ainsi, il leur fallait improviser maintenant.

Hrafn étouffa un gémissement, s'appuya sur son bras intact et se releva. Quand il s'assit, le vertige recommença.

— *Allez !* se dit-il. *Le pire est déjà passé !*

Extirper ses jambes lui parut un processus infini et désespéré, et quand il y arriva enfin, il se sentit à bout de force.

Le corbeau noir plana et atterrit par terre à côté de lui.

– D'accord, d'accord, chuchota le garçon en ramassant l'épée de son père ensanglantée et poisseuse. Il s'appuya sur l'épée, se mit debout et regarda autour de lui.

Pâles et inquiets, les Vikings le fixaient. En face d'eux, les Étrangers restaient tout aussi immobiles et silencieux.

Hrafn avala sa salive. Soudain, il comprit vraiment quelle tournure inattendue les évènements avaient prise. Oubliant pour un instant la douleur et sa tête qui tournait, il cligna les yeux et fixa le corps immobile d'Ulfrich d'un regard incrédule. Comment était-ce possible ? Ulfrich était mort ? L'image de la silhouette puissante d'Ulfrich, un sourire triomphant sur les lèvres et son épée scintillante levée était toujours très claire dans l'esprit de Hrafn. La mort du géant était incroyable. Se pouvait-il que son imagination lui jouât des tours ? Hrafn toucha son propre corps. Il était dur, vrai… et endolori. Cependant, il n'arrivait pas à croire à cette chance inespérée.

En voyant son étonnement, le corbeau noir sauta vers lui et pinça légèrement son mollet.

– *Tu vois, tu es vivant*, annonça-t-il, en réponse silencieuse au regard surpris du garçon. *Ne pense pas comment tu l'as fait, joue le jeu, Konungr.*

Toujours ébahi, Hrafn acquiesça. S'appuyant sur son épée, il leva le poing serré au-dessus de sa tête en signe de victoire.

Les Vikings hurlèrent leur triomphe. Ils n'arrivaient pas à y croire non plus, mais l'enjeu était trop important pour eux, et personne ne se soucia de cacher sa joie.

Quant aux Étrangers, ils continuaient à le dévisager en silence, sans même bouger.

Après un moment d'hésitation, les frères d'Ulfrich qui avaient juré avec lui s'avancèrent vers Hrafn.

Le garçon se raidit. Il ne pourrait pas les combattre, il arrivait à peine à rester debout. Mais il savait que c'était inévitable. Ils devaient s'assurer par eux-mêmes qu'Ulfrich était mort.

Hrafn arriva à s'éloigner de quelques pas du corps mort d'Ulfrich pour laisser de la place à ses frères et surtout pour mettre un peu de distance entre eux et lui.

Quand les Étrangers arrivèrent sur le terrain dépouillé de duel, les Vikings se raidirent. Olaf, Vali et Helgi cachés derrière les buissons, observaient la scène avec appréhension. Ils étaient prêts à intervenir en cas de besoin.

Mais les Étrangers étaient eux aussi suspicieux. Ils s'arrêtèrent devant le corps d'Ulfrich. L'un s'accroupit pour examiner le corps, tandis que l'autre restait en garde, ses yeux injectés de haine rivés sur le garçon.

– C'est incroyable ! s'exclama le premier homme. Il est mort !

Il regarda Hrafn lui aussi, la colère déformant son visage, et se leva lentement.

Le cœur de Hrafn battait si fort qu'il était sûr que les deux Étrangers l'entendaient. Son estomac se serra ; il oublia la douleur et la fatigue. Maintenant il avait peur. Très peur. Sa victoire miraculeuse serait complètement inutile s'ils décidaient de ne pas honorer leur partie de l'accord. En outre, il se trouvait désormais à leur merci, seul et blessé.

– *Ne fléchis pas maintenant !* l'ordre brusque du corbeau sonna dans la tête de Hrafn.

L'oiseau était dissimulé par un buisson juste derrière le garçon. Il absorba instantanément une bonne partie des émotions de Hrafn.

Hrafn se sentit mieux immédiatement. Il se redressa et souleva fièrement le menton.

– Nous avons combattu honnêtement et j'ai gagné, dit-il fermement. Maintenant, honorez votre serment.

Les Étrangers ne bougeaient pas, leurs poings serrés et leurs narines dilatées de rage.

– Qu'est-ce qui te fait penser que nous allons l'honorer, chiot ? siffla l'aîné.

Hrafn réfléchit rapidement, cherchant les bons mots. Il décida de faire au plus simple :

– Votre déesse. Autrement, elle vous punira.

– Qu'est-ce que t'en sais de notre déesse, pourriture… rétorqua le cadet, indigné.

Mais il ne finit pas sa phrase. Le croassement fort et

enragé couvrit le son de sa voix et remplit le champ de bataille. Le corbeau de Hrafn s'éleva dans les airs. Le temps d'un souffle, le corbeau battit ses ailes puissantes, suspendu au-dessus de la tête de Hrafn. Ensuite, il poussa un cri strident, se jetant sur les Étrangers, redoutable et menaçant. Les deux hommes s'écartèrent instinctivement.

Le corbeau poussa un autre cri perçant qui glaça les cœurs de tous et se dirigea sur l'armée étrangère. Rapide et furieux, ses yeux noirs comme des charbons et le bec ouvert, l'oiseau avait l'air d'un démon ou d'un esprit maléfique cherchant à exercer sa vindicte. Les Étrangers tressaillirent et reculèrent.

L'oiseau passa au-dessus de leurs têtes, jetant sur eux son ombre féroce, mais ne toucha personne. Avec des croassements furieux, le corbeau continua en direction de la ville des Étrangers, suivi par les regards effrayés.

Les frères d'Ulfrich se tournèrent lentement vers Hrafn. Ils étaient plus pâles qu'avant ; même leur haine semblait s'être estompée.

L'aîné avala sa salive et annonça :

— Nous allons honorer notre serment. Nous rappellerons les hommes de tes terres et nous ne t'attaquerons pas pendant les dix prochaines années. Maintenant, partez. Nous ne vous attaquerons pas.

La guerre était finie. Il avait gagné. Hrafn acquiesça.

— Nous partirons dès que vos hommes quitteront nos terres. Jusque-là, nous ne chercherons pas le combat, mais nous n'épargnerons pas ceux qui nous attaquent.

Le défi suivant pour Hrafn fut de marcher vers les Vikings. Il s'attendait à ce que ses jambes se dérobent sous lui et il fut soulagé lorsqu'au bout de quelques pas tremblants, les Vikings l'entourèrent enfin.

— Ils vont honorer leur serment, leur expliqua Hrafn. Il voulait leur dire le reste, mais sa voix se noya dans les exclamations heureuses et les félicitations. Les visages barbus familiers lui souriaient de tous les côtés, heureux et soulagés.

— Bon duel ! le félicita Ari.

— Tu l'as fait !

— Bravo, Konungr !

— Bien joué ! ajouta Orm.

— J'ai juste eu de la chance… bégaya Hrafn, gêné par toutes ces félicitations.

— La chance vient souvent à ceux qui sont courageux… rétorqua Sveinn.

Enfin, Olaf apparut devant lui. Les larmes ruisselaient le long de ses joues, mais il souriait de toutes ses dents.

— Tu… tu…, marmonna-t-il, incapable de rassembler ses pensées et de trouver les mots.

Hrafn lui adressa un faible sourire. Il avait toujours un problème très urgent à résoudre.

— Attrape-moi avant que je tombe, articula-t-il.

Les yeux gris d'Olaf s'assombrirent d'inquiétude, mais il réagit rapidement. Il se mit à côté de Hrafn et passa son bras autour de la taille de son frère.

Hrafn soupira et s'appuya sur lui, reconnaissant.

Kirk se fraya un chemin jusqu'aux garçons et à l'étonnement de tout le monde, s'inclina :

– Désolé d'avoir douté de toi, Konungr… balbutia-t-il, son visage rouge. Tu étais…génial !

Hrafn lui sourit :

– Merci, Kirk… J'apprécie…

~~~

De retour dans la forteresse, Sveinn s'occupa de l'épaule de Hrafn, pendant que Jari lui amenait à manger et à boire.

La nourriture eut un effet immédiat – les vertiges disparurent et laissèrent seulement une sensation de faiblesse et une douleur sourde dans tout son corps.

– Tu sais, Konungr, dit Sveinn en lavant sa blessure. Ce sera un honneur pour moi de te donner des cours.

Un sourire heureux illumina le visage sale et égratigné du garçon.

Sveinn se contenta d'hausser un sourcil :

– Quand ton bras guérira, bien sûr…

Hrafn voulait le remercier, mais Olaf fit irruption dans la pièce, une carafe d'eau à la main.

– J'ai trouvé ! cria-t-il tout excité. J'ai trouvé le secret de la forteresse !

Tout le monde se tourna vers lui.
~~~

Souriant de toutes ses dents, Olaf s'approcha de la table à grandes enjambées et posa la carafe dessus.

– L'eau ! dit-il simplement. La forteresse est leur principale source d'eau !

Le retour

Le soleil de midi faisait briller les dos bleus courbés des vagues et chauffait agréablement le pont du bateau viking.

Olaf et Hrafn profitaient pleinement de la chaleur et déjeunaient sur la poupe, à côté du gouvernail, dos appuyé contre le bord, jambes étendues. Le corbeau de Hrafn mangeait sa portion de déjeuner à côté de son maître.

— Trop bon de rentrer chez nous ! soupira Hrafn et il descendit encore plus le long du bord pour jouir de la sensation du soleil sur son corps.

— Mmm... approuva son frère jumeau tout en mâchant son pain avec appétit.

Hrafn bâilla et ferma les yeux, profitant du moment en silence.

— Alors, le jeteur de rune a bien vu : tu as gagné la guerre.

Hrafn hocha à peine les épaules :

– Je suis tellement content que ce soit arrivé. Je ne peux pas te dire comme j'étais inquiet !

– Oui, mais cela signifie que la deuxième partie de la prophétie a beaucoup de chances de se réaliser aussi, dit Olaf d'un ton lugubre.

Hrafn lui jeta un regard interrogateur :

– Et alors ?

Olaf se redressa, les yeux rivés sur son frère, les sourcils froncés :

– Eh bien… ça ne t'inquiète pas ? demanda-t-il.

Hrafn laissa échapper un petit rire.

– Non. Pourquoi ? Il tendit le bras et donna à son corbeau un autre bout de viande. Si j'ai bien compris, je fais partie des hommes les plus heureux de la Terre, car je vais rencontrer mon véritable amour !

Il sourit et offrit son visage à la douce brise.

Olaf fronça les sourcils encore plus :

– Oui, mais tu vas la perdre… Et je devrais venger ta mort à cause d'elle !

Hrafn se gratta le bout du nez d'un geste paresseux et affirma, un sourire mystérieux sur les lèvres :

– Ne t'inquiète pas, j'ai un plan : lorsque je l'aurai rencontrée, je la garderai près de moi le plus longtemps possible, puis j'agirai comme un homme en m'assurant qu'elle souffre moins que moi. Tu te souviens, le jeteur de runes a dit qu'il y aurait un choix à faire ?

Olaf acquiesça, les sourcils toujours froncés.

– Eh bien, c'est mon choix, frère !

Hrafn étouffa un bâillement et ajouta :

– Je vais juste essayer d'en tirer le meilleur.

Olaf était loin d'être convaincu, même en regardant l'expression sincère et rêveuse de son frère. Il secoua la tête pour marquer sa désapprobation et dit :

– Écoute, le jeteur de runes a dit que le destin peut être changé. Alors, tu peux simplement faire en sorte de ne jamais la rencontrer ! Tu auras une vie longue et heureuse !

Hrafn ouvrit de grands yeux :

– Non !… Je veux la trouver ! Je suis curieux ; si peu de gens ont cette chance !

Olaf poussa un soupir :

– Et si le prix est trop élevé ? Il a dit qu'il y aura beaucoup de souffrance. Si ce « beaucoup » veut dire « trop » ?

Hrafn agita sa main d'un geste dédaigneux :

– Je vais tenter ma chance. Après tout, c'est mon destin. Il me convient.

Olaf se mit à bouder. Cela lui paraissait ridicule.

Hrafn, qui l'observait d'en dessous les cils, le vit et étouffa un sourire. Il tapa légèrement l'épaule de son frère et dit :

– Eh, maintenant que la guerre est finie, on peut faire quelque chose d'intéressant. On peut s'entraîner beaucoup et vaincre Sveinn. Sinon, on peut inventer de nouvelles méthodes de chasse, car l'hiver approche. Et tu te souviens, tu voulais fabriquer un cerf-volant…

Ces derniers mots firent briller les yeux d'Olaf :

– Oui ! chuchota-t-il, excité, mais il s'arrêta d'un coup. Mais on doit gouverner… tu penses qu'on aura le temps ?

Hrafn ne fit que hausser les épaules :

– Bien sûr que l'on aura le temps ! Nous sommes deux à gouverner, donc nous agirons plus rapidement !

Le visage d'Olaf se détendit :

– Génial ! dit-il, rêveur. Manifestement, il attendait la suite avec impatience.

– Juste une chose, Hrafn leva son index, son visage sérieux de nouveau. Il faut faire attention à maman. La dernière fois, elle était vraiment très contrariée à cause de la prophétie. Il faut tout faire pour que ça n'arrive plus.

Olaf hocha la tête, sérieux :

– Compris… Alors, le cerf-volant…

Le grand corbeau noir croassa et ouvrit ses ailes puissantes. Fort et fier, il prit son envol vers le ciel d'azur. Porté par le vent frais, il dessina un large cercle au-dessus du bateau, savourant une liberté et une légèreté que seuls les oiseaux connaissent.

Kateryna Kei

Note d'auteur

Les noms et les prénoms ont une signification particulière. Ils font partie intégrale de la personnalité, ils
déterminent le caractère, le comportement et parfois
même le destin de ceux qui les portent.

Pour ceux qui souhaitent en savoir plus et pour éviter
certaines confusions de prononciation, voici l'index des
prénoms :

L'index des prénoms

Torgeir –"l'épée de Thor" (vieux norrois).

Ari – "aigle" (vieux norrois).

Orm – "serpent" (vieux norrois).

Advar – "un gardien riche" (vieil anglais).

Helgi – [HE-lgui] – "béni, saint" (vieux norrois).

Halvdan – [HALF-dan] – "à moitié Danois" (vieux norrois).

Gudmund –"protection de Dieu" (vieux norrois).

Turid – "belle" (vieux norrois).

Olaf – "descendant d'ancêtres" (vieux norrois).

Hrafn – "corbeau" (vieux norrois). D'après de différentes sources, ce nom se prononce comme [rapn] ou [rafn]. Je préfère la seconde version.

Harald – "leader d'une armée" (vieux norrois et vieil anglais).

Örjan – [OE-rjan] – "fermier" (ancien grec).

Ottar – "riche" (vieil allemand).

Kirk – "église" (ancien grec).

Sveinn – [sven] – "garçon" (vieux norrois).

Siv – "mariée" (vieux norrois). Siv était la femme du dieu Thor dans la mythologie nordique.

Eydis – "déesse de la chance" (vieux norrois).

Asta – "déesse de beauté" (vieux norrois).

Knut – "nœud" (vieux norrois).

Idunn – "amour à nouveau" (vieux norrois). Iðunn était la déesse d'immortalité et du printemps. Elle détenait un coffre des pommes merveilleuses qui retournaient la jeunesse à celui qui les mangeait.

Ulfrich – [OULF-rik] – "règne du loup" (vieil allemand).

Jari [YA-ri] – forme courte de Hjálmarr, "guerrier au heaume" (vieux norrois).

Leif – "descendant, héritier" (vieux norrois).

Vali – "étranger" (vieux norrois).

En plus

Cher lecteur,

Merci beaucoup d'avoir choisi mon livre ! Cette histoire est ma création adorée. Elle représente les idées, les concepts et les personnages qui me sont chers. C'est très émouvant pour moi de la partager avec vous. :)

Des ressources supplémentaires sur l'univers de l'Enfant Corbeau, ainsi que des jeux, des concours, et plein de choses intéressantes vous attendent sur le site web :

https://bit.ly/enfant-corbeau

Découvrez le e-livre d'énigmes ***L'Enfant Corbeau – La Chasse au Trésor*** ! Téléchargez-le gratuitement ici :

https://bit.ly/quest-ct

Le livre 2 de la série, **_Deux moitiés d'une âme_**, est déjà disponible ! Retrouvez-le sur Amazon :

https://amzn.to/3SKuEyN

Vous voulez que je vous l'offre gratuitement en version électronique (pdf) ? Alors laissez une évaluation sur Amazon pour **_L'Enfant Corbeau_** (ça peut être même une seule ligne ! :)) et envoyez-moi une capture d'écran de cette évaluation au contact@katerynakei.com . Je vous enverrai votre e-livre par retour de mail :)

Voici le lien pour laisser l'évaluation :

https://amzn.to/3Akc1Ly

Merci encore et à bientôt !

Kateryna

L'histoire continue dans le

LIVRE 2

DEUX MOITIES D'UNE AME

DE KATERYNA KEI

Kateryna Kei

Le bébé

Vieille Nim était à genoux au milieu d'une clairière. Des plantes sauvages et des fleurs qui y poussaient librement la cachaient pratiquement de la vue. Cet endroit était son jardin, même s'il n'en avait pas l'air. Mais Vieille Nim, non plus, ne ressemblait pas à un jardinier : petite, fine et délicate, elle avait de longs cheveux dorés et son visage ridé était illuminé par une lumière intérieure. Elle avait toujours de beaux yeux, bleu ciel et souriants, qui pétillaient d'une curiosité enfantine entremêlée de sérénité. La femme ressemblait à une fée ou à une gracieuse créature fantastique qui se cachait dans l'herbe haute.

C'était une douce soirée d'été. L'arôme de la bruyère florissante flottait dans l'air accompagné du bourdonnement relaxant des insectes. Le soleil couchant déversait son miel sur la terre et les arbres, et dessinait leurs ombres sur le sol.

Ce soir doux et calme, Vieille Nim ramassait des herbes. Ses doigts longs et fins parcouraient chaque plante, étudiant soigneusement chaque feuille et chaque tige, percevant le moindre détail qu'une personne ordinaire ne pouvait pas remarquer. En harmonie parfaite avec la nature, elle ne prenait que ce dont elle avait besoin, ne laissant aucune trace de sa cueillette.

Soudain, sa main s'immobilisa au-dessus d'une feuille : la terre trembla à peine sous ses genoux, lui indiquant que quelqu'un s'approchait. Pour le moment, elle n'entendait pas de bruit, mais, avec des années d'expérience, Nim était devenue une experte incontestable pour déchiffrer les signes de la nature. Elle resta immobile un instant, les yeux fermés, comme si elle se reposait ; puis elle reprit tranquillement son travail.

Petit à petit, le bruit vint jusqu'à elle, un bourdonnement distant qui se transforma en bruit clair et inquiétant, celui des sabots d'un cheval. Bientôt, un étalon en sueur apparut et s'arrêta brusquement au bout de la clairière. La cavalière, une jeune femme, sauta à terre et courut vers Nim. Son beau visage était recouvert de poussière, et ses longs cheveux noirs cascadaient sur ses épaules et sur sa robe ornée.

La femme tomba à genoux devant Nim.

– Nim, appela-t-elle, haletante, aide-moi !

Pour la première fois Nim se tourna vers elle. Ses yeux bleu ciel se remplirent d'inquiétude lorsqu'elle remarqua que la robe de la femme était déchirée et tachée de sang.

– C'est horrible !

La jeune femme éclata en sanglots, se couvrant le visage d'une main. Son autre bras tenait un paquet.

Vieille Nim se releva et glissa son bras autour des épaules de la femme.

– Allez, allez, dit-elle doucement, calme-toi. Les émotions te brouillent l'esprit…

La femme n'obéit pas tout de suite, il lui fallut du temps pour se ressaisir. Mais elle réussit enfin à étouffer ses sanglots et se redressa.

Nim attendait en silence, ses yeux bleus remplis de compassion et de patience.

La jeune femme inspira profondément et se mit à parler. Sa voix était vide et étrangement distante, comme si elle était plongée dans une transe.

– Papa est décédé après minuit. Po veut que je l'épouse. Il parle d'amour, mais c'est sans doute pour devenir roi. J'ai refusé… de toute façon cela n'aurait rien changé ni pour moi, ni pour mon peuple. Alors Po a organisé une révolte contre moi…, elle s'arrêta et son regard distant se remplit d'effroi. Il y a tellement de morts ! C'était… C'était… Je n'ai jamais imaginé qu'ils pouvaient être aussi cruels envers leurs propres frères et voisins !

Elle ferma les yeux et serra les poings, agonisante, gémissant de douleur, comme un animal mortellement blessé.

Mais Nim ne la laissa pas ruminer sa douleur.

— Et ton mari ?

La question eut l'effet d'une gifle : la jeune femme se redressa et adressa à Nim un regard animé, infusé de colère :

— Po l'a capturé ! J'en suis sûre, je l'ai lu dans ses yeux. Po ne va pas seulement le tuer. Ce fou veut nous séparer pour toujours… Nim, je dois faire quelque chose !

Vieille Nim restait si sereine et impassible face à la jeune femme bouillante d'émotion. Elle avait vécu assez longtemps pour apprendre à garder son calme dans toute situation. Mais sa voix était ferme et sérieuse lorsqu'elle demanda :

— Comment puis-je t'aider ?

La jeune femme attendait tellement ces mots que quand ils vinrent, elle eut du mal à organiser ses pensées. Elle avala sa salive et tendit son paquet à Nim.

— J'ai réussi à sauver Anna…, elle entrouvrit le paquet avec révérence, et son doigt caressa le petit visage du bébé. Ma fille, la preuve vivante de notre amour…, murmura-t-elle, sa voix remplie de fierté et d'amour infini. Puis elle leva les yeux sur Nim.

– Nim, je veux que tu t'occupes d'elle.

Nim ne dit rien ; aucune émotion ne traversa son visage. Alors, la jeune femme poursuivit :

– Je sais que je te demande beaucoup, mais tu es sa seule chance ! Ce qui attend Ronen est pire que la mort. Je dois essayer de le sauver.

Les larmes qui brillaient dans ses yeux coulèrent de plus belle, tombant sur le bébé. La femme s'essuya vite les yeux avec la manche, mais le bébé se réveilla et leur sourit.

Sa mère se pencha et déposa un baiser tendre sur son front.

– Anna, je t'aime, dit-elle doucement. Et papa t'aime. Beaucoup. Plus que tout.

Elle embrassa sa fille encore une fois, puis s'adressa à Nim, sans quitter des yeux Anna :

– Nim, tu es la seule personne à qui je peux la confier. Si je ne reviens pas, elle sera en sécurité avec toi. Je veux qu'elle devienne une personne pure et honnête, comme une vraie fille de sa famille, comme la vraie petite fille de son glorieux grand-père !

Nim la dévisageait, pensive. Ensuite, elle hocha

lentement la tête et tendit les bras vers le bébé.

– Je n'ai jamais eu d'enfant à moi. Je suis honorée par ta confiance. Melaina, je te promets que je ferai tout pour la protéger.

Melaina tenta de sourire, mais ses lèvres tremblaient d'émotion. Elle cligna des yeux rapidement pour chasser les larmes.

– Merci, Nim. Je ne l'oublierai jamais.

Elles se turent, regardant la petite Anna qui les étudiait avec ses grands yeux étonnés. Puis Melaina se pencha pour embrasser sa fille encore une fois et la passa enfin à Nim. Avant que son courage l'abandonne, elle se leva et se dirigea vers son cheval, essuyant ses larmes.

Quand elle monta à cheval, Nim l'appela :

– Melaina…

Elle se retourna.

– Tu es la meilleure magicienne que je connaisse. Reste calme et écoute ton cœur. Et que les dieux t'aident !

Un sourire triste illumina le visage de Melaina. Elle agita sa main dans l'air en signe du dernier au revoir, en gravant à tout jamais dans sa mémoire l'image de la vieille femme agenouillée au milieu de buissons de bruyère, sa fille adorée dans ses bras.

Après le départ de Melaina, Vieille Nim ne s'attarda pas non plus. Elle finit rapidement sa cueillette et rangea toutes les plantes dans un sac en lin. Elle prit son temps pour cacher soigneusement tout signe de présence humaine dans la clairière avant de s'en aller.

Elle s'avançait dans la forêt sans bruit et sans laisser de traces visibles, à une vitesse étonnante pour une vieille femme. La forêt était sa maison, son élément. Elle y vivait depuis des années et personne ne pouvait la trouver ni l'attraper ici.

Bientôt, elle arriva à sa cabane dissimulée dans les branches et les plantes. Elle s'y arrêta pour donner du lait frais au bébé et ramasser ses possessions les plus importantes, qu'elle fixa sur le dos de son cheval.

La nuit tombée, la petite procession commença un long voyage vers l'est. Elle paraissait étrange, même irréelle : une petite femme fée aux cheveux blonds qui brillaient au clair de la lune un bébé dans ses bras, suivie par un cheval et une vache.

Nim partait. Elle ne savait pas si elle allait revenir un jour, mais elle avait donné sa parole à Melaina, et elle allait tout faire pour protéger l'enfant. Même si cela signifiait un départ douloureux de chez elle pour la seconde fois dans sa vie.